U0566193

三毛猫ホームズの卒業

三色猫探案
试映会

〔日〕**赤川次郎** 著

袁斌 译

人民文学出版社
PEOPLE'S LITERATURE PUBLISHING HOUSE

著作权合同登记号　图字01-2022-0940

图书在版编目（CIP）数据

试映会／（日）赤川次郎著；袁斌译.
—北京：人民文学出版社，2023
（三色猫探案）
ISBN 978-7-02-018132-2

Ⅰ.①试… Ⅱ.①赤… ②袁… Ⅲ.①短篇小说—
小说集—日本—现代　Ⅳ.①I313.45

中国版本图书馆CIP数据核字（2023）第132531号

责任编辑　卜艳冰　陶媛媛
装帧设计　钱　珺

出版发行　人民文学出版社
社　　址　北京市朝内大街166号
邮政编码　100705

印　　制　山东临沂新华印刷物流集团有限责任公司
经　　销　全国新华书店等

字　　数　120千字
开　　本　787毫米×1092毫米　1/32
印　　张　7.25
版　　次　2023年8月北京第1版
印　　次　2023年8月第1次印刷

书　　号　978-7-02-018132-2
定　　价　39.00元

如有印装质量问题，请与本社图书销售中心调换。电话：010-65233595

目 录

三色猫探案：一个温情的故事世界

自三色猫福尔摩斯首次与读者见面，迄今已经有三十六个年头了。三十六年，差不多是普通猫咪寿命的两倍。

把小猫设定为侦探，这一想法的诞生纯属偶然。拿到"全读物推理小说新人奖"的第二年，出版社向我约稿写一部长篇推理小说。我绞尽脑汁苦苦思索如何塑造新奇有趣的主人公，因为在"喜剧推理"的大框架中，侦探的形象写来写去好像只有那几种。

就在这时，家里养了十五年的三色猫走到了生命尽头。这只小猫早已成为家里不可或缺的一员，而且，这十几年是我家生活最为艰辛的一段时期，正是这只三色猫为我们带来了无限欢乐。

等我正式出道，家里的生活终于有所改善之时，三色猫就像完成了自己的任务一样，永远地离开了我们。为了报答小猫多年以来的陪伴，我决定让它在我的作品中复活。于是，在《推理》一书中，与我家小猫形态、毛色如出一辙的"猫侦探"从此登场。

不过，那时我并未打算写成系列。没想到此书一经出版好评如潮，结果我又写出了第二部、第三部……年复一年，不知不觉间，这个系列已迎来了第五十部作品。原本是我希望通过写小说向我家三色猫报恩，结果它又以几十倍的恩情回馈了我。

三色猫福尔摩斯、片山兄妹、石津刑警，这些角色不仅仅是我创作的角色，多年来，广大读者已把他们当作家人一般亲近与喜爱。因此，我会一直把这个系列写下去。

中国出版界很早之前就引进了这套作品中的若干部，不知道猫这种生物，在日本人和中国人心目中的形象是不是有很多共通之处呢？

无论如何，这个系列被翻译成中文并被广泛阅读，这对于作者来说，实在是无上的荣幸。

曾经有一名小学生读者看了"三色猫探案"系列后对我说："原来坏人也是有故事的啊。"在我的书里，猫侦探也好，片山刑警也好，他们都不是对罪犯一味穷追猛打的那种主人公。有些人是因生活所迫，不得已而犯下罪行的。对于他们，我书中的侦探们在彻查真相的同时，总是怀有同情心。

也许现实世界比小说残酷许多，但我衷心期待大家在阅读"三色猫探案"系列时能够暂时忘却现实，在这个充满温暖和人情味的世界中获得治愈和救赎。

猫侦探也是这样希望……的吧。

赤川次郎

二〇一四年四月

毕　业

1

"毕业啊……"

喃喃自语的话语声低得只有凑在近旁的人才能听到。

甚至连片山晴美也没有特别留心去听——她能听到这句话，只能说是凑巧。

毕业？这里又不是学校。

晴美瞥了一眼说话的男子。

不管怎么看，男子都不像是学生了。估计应该是二十七八岁的工薪族，一身黑色西装，一条银色领带。

完全是参加婚礼时的典型着装。

这个人，以前似乎在什么地方见过……晴美心想。但是她想不起来自己到底是在哪里见过。

"喵——"

福尔摩斯在晴美的脚边叫了一声。

"啊，终于来了。"

晴美松了口气，同时，把坐在大厅入口附近那名男子的事彻底抛到脑后。

"哥！"晴美站起身来挥挥手，"怎么来得这么晚？"

"抱歉！"片山义太郎喘息未定，"临出门时突然收到通知要开会。我是从会议中溜出来的。"

"你不是跟栗原说过了吗？"

"嗯。不过科长这个人，无论跟他说了什么，他转头就忘。最近一段时间有许多让人头痛的事，倒也确实没办法。"

"你把领带换一下……换这条。"

"嗯，我去化妆室换。"

片山手里拿着晴美给他准备的领带向化妆室走去。因为今天是个大吉大利的好日子，所以婚礼会场挤满了人，大厅里来来往往的客人不少。

"那个……"

有人叫了一声。

"啊？"

晴美扭头一看，正是刚才那个喃喃自语的男人。

"那个……请问你是片山的妹妹吗？"

"嗯，是的。"

"是嘛。我叫久米。或许你不记得了，不过以前我曾经看到过在片山身旁玩耍的你。"

"久米先生？名字倒是似乎听过……"晴美说道，"我哥也真是的，怎么会没认出来呢？"

"这也难怪，我和他大概有十年没见了。"久米笑道，"今天……你们是来参加山田的婚礼？"

"嗯，是的。"

"是嘛……今天的天气可真不错呢。"

名叫久米的男子看了看阳光明媚的室外。

"我叫片山晴美。这是我家的猫，福尔摩斯。"

"喵——"

在这种情况下，就算是福尔摩斯，似乎也会表现出一点儿热情。

"嗯，这猫的毛色真不错。"

久米用指尖轻轻碰了碰福尔摩斯的鼻尖，动作娴熟。

"您家也养猫吗？"

"没，但以前养过。"久米说道，"猫真是有意思。只要是它不愿意干的事，那它怎么都不会干。不但不会讨好，还很任性……简直好像是人类中的女性。"

说着，他似乎吃了一惊，发现自己一不留神把真心话说出来了。

"当然了，也得看是什么样的女性。"

他连忙找补了一句。

"今天结婚的那位山田裕介，我不是很熟。"

"我跟他也很久没见了。我甚至在想，亏得他能想起叫我来呢。"

"你们不是高中时的朋友吗？我哥没跟我说太多。"

最近一段时间，警视厅搜查一科连着接手几件大案，刑警们都忙得不可开交。

"山田那家伙，家里挺有钱。虽然他不是什么坏人，但平日里我都会躲他远远的。"

久米说道。

"你认识新娘吗？"

"不认识。"久米摇了摇头，"我记得……请柬上写的似乎是落合女士？落合……对了，美雪，落合美雪。"

"美雪为何会和那种人结婚？"

女子的声音响彻了整个大厅。

"是吧？简直是再糟糕不过的对象了，那个叫山田的。"

"换成是我，他再怎么有钱也不嫁。"

"嗯？你好意思说吗？你自己还不是……"

"我是我，她是她……我又不是为了钱，只是我喜欢的人碰巧有钱罢了。"

"亏你有脸说。"

"什么啊？"

"我说！人家正结婚呢，你们吵什么？"

"好了。总而言之，站在我们的角度，真心实意地祝愿美雪能幸福就行了。"

"可是……这样真的好吗？"

"什么？"

"你看……美雪要和那个人结婚。"

"钱啊，就是钱。要是没钱，管你喜不喜欢，是吧？"

"是吗？可是……"

"好了，走吧。"

"哗啦哗啦"一阵声响，想来应该是把化妆用具收到包里的声音。

片山甚至没搞清楚刚才究竟有几个女人在说话。

男女化妆室毗邻，而且在洗手台的天花板附近留着一条小小的缝隙。再加上墙上贴的是瓷砖，隔壁的声音听得一清二楚。

她们说的"山田"应该就是片山高中时的朋友山田裕介，

而她们说的结婚对象"美雪"似乎确实如此。

从刚才几个人聊天的气氛来看，这些女人应该是美雪公司的同事，当然也可能是她念书时的朋友。

而且这些人当中，有人和比自己年长的男人不正当地在一起。看这情形，敢情应该是美雪以前有交往的对象，但对方似乎没什么钱，所以分手了，和山田走到一起。

哎呀呀……

好不容易系好领带，片山松了一口气。他总觉得很难把领带的长度调整到合适的位置。

片山把解下的领带塞进衣兜，顺带稍微梳理了头发，免得在婚礼上显得失礼。

"出发吧。"

片山一边喃喃说着，一边准备离开化妆室。

"哇！"

"呀！"

偏巧，片山和一个从女化妆室里出来的女人撞到一起。

女人手里的手提包掉到地上，包里的东西撒落一地。片山着急起来。

"抱歉！"

片山一边说，一边蹲下身捡拾地上的东西。

"没关系。那个……不好意思。"女人满脸通红,"都怪我在发呆。"

"不,是我的错。"

片山把地上的口红和补妆镜之类的东西捡拾起来,其中甚至有一只打火机。

"实在不好意思。"

女人也低下头。

片山觉察到眼前这个稍显朴素的女人似乎是刚才参与对话的那些人中的一个。

听声音,似乎正是面前的这个人刚才暗示,美雪心里另有喜欢的人。片山还以为刚才那些女人都走了,看起来她似乎比其他人晚走一步。

"没碰坏什么吧?"

片山问道。

"没事,"女子说道,"啊……"

补妆镜盒被摔开了,里面的镜子上留下了一条裂痕。

"啊,这东西坏了。不好意思,那个……我赔你一个?"片山说道。

"镜子居然碎了……"女子自言自语道,"真不吉利。"

说完,她一脸抑郁,快步向大厅走去。

"那个……"

这意思是不用赔？片山心中虽然有些纳闷，但看对方似乎无意索赔，觉得自己大概不用再追上去道歉了。

片山耸耸肩，向晴美落座的沙发走去。晴美似乎正在和一个男人聊天。

"啊，哥，这位是……"

"哟，片山，你还是老样子，没变。我是久米，久米升。"

片山有些困惑。过了好一阵子，他终于回想起高中时那个胖胖的圆脸少年，想起他的音容笑貌。

"久米！吓了我一跳。你一直在这里？"

"是啊。刚才你来的时候我也在。"

"那可真是抱歉。不过话说回来，你连体形都变了。"

"哥，你说这话有点儿过分了。"

晴美轻轻捅了捅哥哥的侧腹。

"不，他说的是实话。"久米笑道，"以前我的外号是关取①呢。"

"真是令人怀念啊。不过你现在似乎也挺好的。"

胸前稍稍隆起的结实体形，从某种角度上来说，跟石津

———————————

① 日本相扑中，按重量分级的力士的名称。

似乎有几分相似。

"我可不是因为生病才瘦下来。我这是为了身体健康，努力减肥才瘦下来的。"

"是吗？最近你见过山田吗？"

"只是打电话聊过几句，毕竟最近几年都没有来往了。片山，你呢？还是单身？"

"嗯。你听晴美说的？"

"除了她，我找不到能打听到你情况的人了。嗯，说起来，晴美出落得亭亭玉立了呢。听到消息之后，我还真是吃了一惊。"

"她啊，变得越来越吵闹，惹人烦……"

片山还没说完，就被晴美猛地用手肘捅了一下侧腹。

"好痛……"

久米笑了。

"嗯，以前你们兄妹俩的感情就挺好的。"

"是吗？"

晴美一脸若无其事。

"美雪……谁看到美雪了？"

听到有人这么叫了一声，三个人都不约而同地转过头。

"那个，美雪她……"

见人就拽住询问的是一位五十岁左右、稍显邋遢的女性。虽然穿了一身黑色西装，但不知为何，她的这身装扮给人感觉不像是来参加婚礼，更像是来参加葬礼。

"落合太太。"

这时候，刚才在化妆室出口处和片山撞了个满怀的女人快步走上前。

"啊，你是……出谷小姐吧？"

"对，我是出谷圭子。美雪小姐已经回准备室去了。"

"啊，这孩子真是的，我还说她上哪儿去了呢。"

这位似乎是新娘母亲的女性夸张地抚着胸口，一脸安心地舒了口气。

"她好像不大喜欢婚纱上的装饰，去找人想办法了。"名叫出谷圭子的女子说道，"可后来似乎没找到中意的，就回来了。"

"她怎么也不跟我说一声？这孩子真是的。一时不知道她上哪儿去了，真让人担心。"

新娘的母亲似乎真的生气了。

"您冷静一下，毕竟婚礼马上就要开始了，她自己估计也挺紧张。好了，我们回去吧。"

"嗯，谢谢……给你们添了这么多麻烦，真抱歉……"

看起来这个叫出谷圭子的姑娘挺会照顾人。片山心中顿时对她有了好感。不，就算如此，自己也不能说出口，不然就不知道晴美又会说些什么了。

"好了，我们差不多该出发了。"晴美说道，"福尔摩斯，出发了……你怎么了？"

"喵——"

不知福尔摩斯到底在想些什么，它目送着走进人群的出谷圭子和落合美雪母亲的背影。

"福尔摩斯……"晴美轻轻叫了一声，"有什么问题？"

"喂，晴美！"片山舒了口气，"这里可是婚礼现场。"

"我知道……"晴美的话说到一半，"是啊，的确有些不对劲呢。"

"怎么？"

"刚才那位新娘的母亲啊……就算新娘不在休息室，也用不着这么担心吧？换作正常人，估计只会等着新娘回去，她却一路找到了大厅里。"

"嗯……这么一说，确实有点儿怪……"

"我说，看起来有些蹊跷。"

"不至于发生杀人案吧？"

"那可说不定。是吧，福尔摩斯？"

"喵——"

此时，无论晴美还是福尔摩斯，都只是开玩笑罢了。

2

"片山？你终于来了。"

新郎一身白色燕尾服。这种衣装让片山来穿的话，估计他不会情愿。

"好久不见了。"片山握住山田裕介的手，"恭喜你。我还单着呢。"

"你有什么可担心的？身边不是还有这么可爱的妹妹吗？"

果然是山田裕介啊……对，他确实是这种人。

至少从外表来看，他似乎和以前没什么不一样。他原先是中等身高，普通体形，尽管眼下稍稍胖了一些，但变化并不是很大。

还有一点——山田这个人原本就给人一种疏离感。或许应该说是成熟感？总之他不是会跟大伙儿一起胡闹的类型。在这方面，他和片山有些相似，因此他俩对彼此多少有点儿印象。

当然了，和片山不同，山田家里很有钱。

此时已经到了众人纷纷前往婚礼现场的时间，走廊上，两家的亲戚也多起来了。

"喂，片山。"山田一把搂住片山的肩头，把他带到了走廊的角落里，问道，"听说你是刑警？"

"啊？嗯……没错，干吗问这个？"

"嗯……我有句话想跟你说。"山田的言语有些暧昧不清，"我想找你商量件事儿，过会儿你有时间吗？"

"这个嘛，我倒是有时间……估计一会儿忙得没时间的人会是你吧？"

"婚宴结束前确实没什么时间。"山田点点头，"结束后能稍微等我一下吗？"

"嗯……行啊。"

片山内心其实有些不大情愿。但愿别发生什么不好的事。

"就是她。"

山田说道。

身穿洁白婚纱的新娘安静地走到了走廊上。

"真美。"

连晴美都暂时忘却了心中不祥的预感，呆呆地看着新娘的身影。

落合美雪今年二十六岁，身材娇小，总给人感觉比实际年龄更小。她肌肤白皙，端丽可爱。

　　陪在她身旁的是她的母亲，也就是刚才片山等人看到的那位在大厅里寻找女儿的女性。有人向片山介绍说，新娘的母亲叫落合清子。

　　"裕介，"走过来的是山田的母亲山田早百合，"准备好了吗？"

　　"嗯，我这边没问题了。"

　　负责婚礼流程的女性工作人员快步走来。

　　"让各位久等了，请。"

　　说着，率先走在了最前边。

　　"那位新郎跟你说了些什么？"

　　晴美和片山并肩行走时问道。

　　"说是有事要跟我商量。"

　　"特意来找你这位搜查一科的刑警？"

　　"他大概没考虑太多，估计是违章停车之类的小事。"

　　"你倒是挺乐观。"

　　晴美说话不留情面。

　　"不是都盼着没什么大事嘛。"

　　"那是自然。无论是哥哥你还是妹妹我，在这一点上都还算幸运。"

18

"不算倒霉吗？"

"那得看你怎么想。"

两人一边小声嘀咕一边向即将举行婚礼的教堂走去。

管风琴声响起。

这里毕竟只是位于婚礼会场的一间小教堂，规模不算大。说是管风琴，实际上只是电子管风琴，临时凑数的合唱队也只有五名成员。

即便如此，也营造出了一些婚礼氛围。

自然，婚礼上并没有发生片山所担心的那种情况，诸如杀人案之类的。婚礼流程顺理成章、按部就班地推进着。

新娘一进场，场内的氛围就一下子热闹起来。为新娘担任护卫的男子是新娘的上司，也是新娘的远房亲戚。

男子看模样五十五六岁，头发几乎全白了。

男子名叫高山肇。"片山"和"高山"，确实有点儿容易混淆①，片山不由得想道。

关于父亲已经去世这一点，落合美雪和山田裕介是一样的，双方的母亲也都很坚强。

---

① 日语中，"片山"念作Katayama，"高山"念作Takayama。

新郎新娘并肩站到了牧师面前。音乐停止，会场里鸦雀无声。

"嗯哼……"牧师干咳一声，估计今天他已经主持了好几场婚礼，面容稍显疲倦。他正准备开口。

"啪"的一声，出入口的大门猛地被打开。众人都扭头看去。

"停下！"出现在门口的男子大声叫道，"停下！"

众人都一脸吃惊。

看男子的打扮，他好像是从工厂作业区溜出来的——身上是作业服，脚上是作业靴。男子大口喘着粗气，看年纪应该很轻，二十四五岁的模样。

"久志！"新娘子高声叫起来。

"美雪！快停下！你不能和这家伙结婚！"男子怒吼，"你再好好考虑一下！"

"我说……"美雪的母亲落合清子从红毯上走过去，高声尖叫，"滚出去！你以为你是谁？竟来扰乱别人的婚礼！"

"我爱美雪！"

男子说道。

"美雪不爱你。她已经决定要嫁给一个有出息的人。你再不出去，我要叫人了！"

"美雪也爱着我！"男子坚称，"美雪！把真心话说出来吧！"

牧师吃了一惊，面露畏缩。

或许只有那些临时拼凑成合唱队的女孩，才是在场所有人之中最享受这一幕的。

无需落合清子叫人，负责婚礼秩序的两名男子已经赶来。

"怎么回事？"

"太好了。你们赶快把门口那个人给我赶出去。"

"我不走！美雪开口说话之前，我不会挪动半步！"

"我说……你这么做不合适吧？"负责婚礼秩序的一名男子有些茫然，"后面还有安排呢。要是这一场延迟了，后面的就都得往后延。你要打架，也先等这里办完……"

这个理由真够"正当"的。片山心服口服——真直率啊。

"等一等！"

新娘的叫声让所有人沉默下来。

"美雪！"新娘的母亲说道，"你把话跟他说清楚，告诉他，从今往后，你俩再没有任何关系了。"

"妈……久志……"美雪喃喃地念着，"久志……"

突然大叫一声，冲了出去。

"美雪！"

新娘一把推开想拦住自己的母亲，提起婚纱的裙摆，向一身工作服的男子冲过去。

"美雪！"

"久志，我们走！"

"好！"

在场的所有人都愣住了，只能眼睁睁地看着两人手牵手冲了出去。

"快来人！快去抓住他们！快追上他俩！"

落合清子兀自高声叫嚷着。

然而，负责婚礼秩序的男子显得很冷静。

"很抱歉，我们没空。"

"什么？"

"就算把他俩拽回来，估计这场婚礼也无法继续了。这么一来，就会延误更多。不如这一场暂时取消……"

"我说你……"

"这也是没办法的事。婚礼会场也好，婚宴会场也好，今天都没有多余的时间了。"

"就算如此……"

"那么，各位。"这时，牧师擅自向来宾们宣布道，"婚礼暂时到此为止。"

"干什么啊？这是……"

片山哑然，扭头冲晴美抱怨道。

"这是上演《毕业生》吗？"

"什么？"

"你应该知道吧？就是那部正举行婚礼的时候新娘和别的男人逃走的电影。"

"啊，你说的是电影……这么说来，确实很像。"

眼下根本不是悠闲聊天的时候。

"怎么会出这种事？来人啊……快来人把美雪带回来！"

落合清子依旧吵嚷不休，但周围一个理会她的人都没有。

遇到这种事，来宾都不知该说些什么。最后……

"喵——"

福尔摩斯叫了一声，婚礼到此结束。

"还真是好像演电视剧呢。"

石津竟然会说出"好像电视剧"这种形容，不免令人感到有些意外。

而且说这话的时候，石津正大口大口地往嘴里塞炒饭。在片山看来，比起先前那场婚礼，还是石津的吃相更"好像演电视剧"。

"我也想亲眼见识一下。"

"不过后来我想，"晴美说道，"逃走的两人还能想办法挺过去，留下的人就麻烦了。"

这是那场婚礼事件过后的第二天，片山等人在中餐馆一起吃午饭。

"福尔摩斯，给你叉烧。"

"喵——"

"婚宴取消了？"

"当然。少了新娘还怎么继续？"

"那……那些菜怎么办？"石津似乎真的很担心，"是不是被会场工作人员吃了？"

"要不要我去问问？"

"那个叫山田的，在这件事上肯定吃了大亏。"

"嗯……不过其他人对他的评价可不怎么样。"

的确，从整个事件来看，面子受损最严重的是山田裕介。新娘跟人跑了，还是在众目睽睽之下！

但山田当时只是稍显抱歉地跟来宾们说了句："给各位添麻烦了。"看到这一幕，片山有些吃惊。

换成是自己遇上这种事，估计无法保持冷静。

"那个恋人似乎叫高田？"

"和落合美雪一起跑掉的那个男人？"

"对，高田久志，高中毕业，听说在汽车修理厂上班。"

"你连这种消息都能打听到啊。"

"我和美雪的那些女同事聊了一会儿，她们就告诉我了。那帮女同事看了那部电影都挺感动的，一直在为那个叫高田的男人鼓掌叫好呢。"

片山想起自己在化妆室门口撞上的那个女人。对了……好像叫出谷圭子，说不定就是她跟晴美说的。

"嗯，这世道无奇不有。"

以片山的角度，他其实挺想用这句话来概括整件事。万一以后再节外生枝，可就麻烦了。

片山心里甚至有一个期盼，巴望着这件事不要有后续。

但上天似乎不是很想让片山如愿。

"啊，说曹操，曹操到。"晴美抬起头，"就是她告诉了我有关高田的事情。"

走进店里的果然是出谷圭子。她一脸焦急地往店里环视一圈，看到了片山等人。

"太好了！"

出谷圭子步履匆匆地走过来。

"你居然能找到这里。"

"是警视厅的人告诉我的。我听说片山先生是刑警？"

科长？他竟然把我的行踪告诉了对方？片山不由得猜测。

"出什么事了？"

晴美问道。

"那个……我想请你立刻跟我来一趟，美雪她……"

"她怎么了？"

"今天她打电话来公司。从她说话的语气来看，事情似乎很紧急。"

"可是……找警察做什么？"

"美雪说，有人想杀她。"

片山等人不得不放下手中的碗筷。或许只有石津吃完了自己那份，这算是唯一的幸事……

3

"《毕业生》里的故事可不是这样的。"

晴美说这话的时候丝毫没有开玩笑的意思。

话说回来，当下也不是开玩笑的时候。眼前的尸体身上，洁白的衣物已被鲜血染红，凄凉地横卧在地上。

"喂……把窗户打开。"

片山说道。

"哥，你没事吧？"

"您怎么了？"

出谷圭子问道。

"我哥这个人，看到血就会晕。没事，死不了。"

听了晴美的话，片山本想回敬一句："我真死了你就开心了？"但他实在没力气吵嘴了。

"怎么会……"出谷圭子一脸错愕，"怎么会出这种事！"

"大家都在赶来的路上了。"

石津走进来。

"是吗？"

片山环视屋内，试图把注意力从尸体上转移。

遇害的正是新娘落合美雪，疑似刀具造成的伤痕在胸口和背上共留下三处。

"你怎么会知道这里？"

晴美冲着圭子问道。

"这家宾馆吗？是美雪在电话里告诉我的。"

"她应该是和高田久志一起来的吧？然后……不知是什么原因，两人发生了争执。高田久志一下子发起火来，动手刺死了落合，然后逃走了。"

"简直令人难以置信。"

圭子叹气。

"只是一种可能性罢了。当然，也有可能凶手另有其人。"

晴美的话似乎没有起到任何安慰作用。

"喂，石津，在这家宾馆附近搜查一下，说不定凶手还在周围转悠。"

片山心里虽然希望尽快离开这里，但他说这句话的目的并非仅仅为了离开。以眼前的情况来说，是凶手下手把自己喜欢的女人杀死，开始感到后悔，之后一直在现场附近来回转悠。这样的案例为数不少。

"你当心点儿啊，哥，对方手里持有刀具。"

"我知道。"

"福尔摩斯，你去陪陪他。"

"喵——"

像片山这种总是让妹妹和猫咪为自己担心的刑警，估计不多见吧！

片山带着石津和福尔摩斯离开了宾馆，在附近稍微转悠了一圈。

宾馆地处郊外，建筑物后方是一片灌木丛。

"没发现什么。喂，我们回去吧？"

就在片山说话的当口，远处传来了警笛声。

"终于来了，真够慢吞吞的。"

"大概是迷路了。"

"总而言之……咦，福尔摩斯，你去哪儿了？"

片山在周围来回查看一圈。

"喵——"

只听一声猫叫，福尔摩斯从灌木丛中探出头。

"怎么了？"

福尔摩斯催促似的叫了一声，消失在灌木丛中。

"怎么回事？"

"去看看吧。喂，你走在前面。"

"啊？"

从体形上来说，石津比片山壮一圈。只要石津走在前面，帮忙把灌木丛中的树枝拨开，那么走在后面的人会轻松不少。

"片山，有辆车子！"

刚走进树林，石津就叫起来。

是一辆看似租借来的车子，整个车体都陷入了枝叶中。

"引擎还没熄火。"

片山冲过去往车里看了看。

“喵！”

福尔摩斯一下子跳起来，叼住夹在车窗缝隙里的软管，拽了出来。

“排气管通到车里了！”

“是自杀？”

“把车门打开！”

石津使劲儿把车窗把手压下去，拉起门锁，打开车门。

一股浓烈的气味呛得他俩直咳嗽。

“把人拖出来！”

石津立刻动手把车里已晕厥、身体瘫软的人拖出来，正是高田久志。

“怎么样？”

“似乎还有呼吸。”

“好！把他弄到林子外。你来背他，我联系救护车。”

片山冲出树林，回到了宾馆。石津则背着高田紧随其后。

可是福尔摩斯……依旧远远地望着车子。

“简直令人难以置信！”高山肇喃喃道，“落合她……真的死了？”

“很遗憾。”

片山点点头。

"唉……这场婚礼还真是一团糟。"

高山叹了口气，抱起双臂。

高山肇是当时在教堂里举行仪式时被新娘挽住手臂、护送她的长者，也是美雪的上司。

"美雪小姐是您的直属部下吗？"

在公司的会议室里，片山正向高山询问情况。

"是，也算是亲戚吧，她父亲是我堂兄……其实说起来只是远亲，我在她父亲去世的时候稍稍出了点儿力，帮了些忙。打那以后，她遇到事情就会来找我。她来这里上班也是我介绍的。不过话说回来，工作方面，她倒是做得不错。"

说着，高山摇了摇头。

"不过，她这样的好姑娘怎么会……"

高山掏出香烟点上火。

"打搅了。"

给片山上茶的是出谷圭子。

"啊，谢谢，真是辛苦了。"

"那个……片山警官，你没事了吧？"

身为刑警，居然总让他人担心自己的安全，片山实在有些哭笑不得。

"还行。你和落合美雪小姐关系不错？"

"是的，不过……"

"不过什么？"

高山在烟灰缸里掐灭了手里的烟。

"我先失陪一会儿，可以吗？"他站起身来说道，"有客户来找……"

"当然可以，您随意。"

高山离开后，出谷圭子坐到了沙发上，接着说道："估计部长这次受到的打击不小。"

"为什么这么说？"

"他似乎已经戒烟了，可刚才他又下意识地抽起来。"

"原来如此……说起来，你曾听美雪小姐说起有关她这次结婚的事吗？"

"没有，她只跟我说了些琐事。不过她似乎很烦恼。"

"为什么？因为高田久志？"

"应该是。不过我问她时，她没说，所以无法确定。"

出谷圭子嘴上这么说着，一脸犹豫。

"是不是发生过什么事？"

"啊？"

"我看你这副样子，似乎心里还揣着些什么事没说。"

圭子稍稍犹豫了一下，

"他……高田他还有救吗？"

开口问道。

"高田久志？现在昏迷不醒，无法轻易下判断。估计得看这几天的情况。"

"是嘛，"圭子皱起眉头，"话说回来，真是高田行凶？"

"你觉得不是？"

"倒也没有……我也不明白。只不过，先前我听美雪提起高田的时候，感觉他似乎应该不是那种人。但从他自杀的行为来看，或许……"

"不，不一定是自杀，也可能是被布置成自杀现场。"

圭子探过身子。

"是吗？"

"如果他能恢复意识，那么这件事迟早会水落石出。"

"说的也是。"

对方似乎话里有话——片山心里总有这种感觉。

"如果你有什么想跟我们说的，就打这个电话。什么时候打都无所谓。"

与其强行问话，不如给对方一点儿考虑的时间——这是片山的做事风格。

"好。"圭子松了口气，接过片山给的纸条，"那个……"

"怎么？"

"没什么……我在想，不知山田那边怎样了。"

"山田裕介？嗯，他应该挺受打击。你认识山田？"

"不认识。不过以前美雪几乎没怎么提过山田。既然是她的结婚对象，那么她应该会多少说起一些才对……"

"原来如此。但他不是坏人，即便出了那事，他也没有责备美雪半句。"

"那个山田是片山警官的朋友吧？"

"可以算是朋友……但关系倒也没有特别好。"

"感觉你俩挺像的。"

听了出谷圭子的话，片山有些吃惊。

"我和山田？一点儿都不像吧！"

"不，"圭子摇摇头，"你们都会首先考虑到对方。这种对待女性的温柔态度，你俩确实很像。"

"是嘛……"

片山不明白出谷圭子为什么突然提起这种事，有些困惑。

"片山警官，你们这一代人都是这样吗？应该不是吧？不管哪一代人，都有能理解女性和不能理解女性的男人。"

"那么我是'不能理解'的代表？"

"瞎说！"圭子摇摇头，"片山警官是能理解女性的那种男人。"

"可是……"

"是真的，我知道。"

说完，出谷圭子就从沙发上站起身，轻轻地在片山唇上吻了一下。

"你做什么？"

片山哑然失语，脸涨得通红。

这时，房门开了，一个穿前台制服的女人走进屋。

"那个……请问是片山警官吗？"

"啊？"片山这才回过神来，"我就是。"

"有电话找您。"

"谢谢。"

"我把电话转到这个房间。"

说完，前台的女人转身回去，电话铃立刻响起。

"喂，我是片山……喂？"

对方一直不吭声。

突然……

"片山！"

听筒里传出震得他头皮发麻的叫喊。

"笨蛋！你突然叫这么大声干什么？"片山回敬一句，"怎么了？"

"你为什么……你为什么不告诉我？"

石津说道，听声音似乎很认真。

"不告诉你什么？"

"你明明知道……晴美的事。"

"晴美怎么了？你别跟我说你发现晴美是个男人。"

"片山！"

"好了，什么啊？突然这么大惊小怪的。"

"刚才……我给晴美打电话了。"石津的声音听起来像是要哭了，"然后她说，她今天要提前下班……"

"是不是身体不舒服？"

"她说要去约会。"

"你说什么？"

"她说要去约会，说得清清楚楚！我到底该怎么办……"

"你冷静点儿。她要和谁约会？"

"不知道啊，肯定是个男人。"

"别着急。你想想，要是晴美真的在和别的男人交往，她又怎么会跟你说？对吧？她这么说肯定是有原因的。"

"是吗？"

"是的。"

石津似乎松了口气。"啊，真是太好了，幸亏给你打了这个电话。这下我就能放心吃午饭了！"

"是嘛，"片山挂断电话，喃喃道，"真是个莫名其妙的家伙。"

他觉察到出谷圭子正微笑注视着自己，心里不由得"咯噔"了一下。

"片山警官，你心地真好。"

圭子说道。

"那么，不好意思，打搅了。"

说完，片山匆匆忙忙地逃出房间。

让石津急得饭都吃不下去的男人、晴美约会的对象，其实是久米升。

先前在婚礼现场见到的那位，哥哥片山的朋友。

"你真的来了？我真是太开心了。"久米把手搭在停稳的汽车方向盘上说道，"我们上哪儿兜风去？"

"好，哪儿都行，只要是能悠闲地聊一聊的地方。"晴美坐在副驾驶座上说道，"没有人来妨碍就行。"

"哦……这么说来，哪有你说的那种地方……"

"找家宾馆吧？稍微往前走一段就有很多。"

"你这么主动？"久米被震慑住了，"你不会觉得对不住片山？"

"管他呢！我不是小孩子了。"晴美说道，"事后再告诉他，说你侵犯我就行。"

"你说什么？"

"既然你不肯，那就老实交代。"

"交代什么？"

"关于'毕业'的事。"

久米心里"咯噔"了一下，扭头看了看晴美。

"当时我在大厅里听到了，你说'毕业啊……'的时候。当时我还觉得奇怪，不懂你到底在说些什么。但后来我想明白了。其实你事先就知道了吧？落合美雪和高田久志要逃婚。"

久米把视线从晴美脸上移开。

"事到如今，就别再隐瞒了。如果你想堵住我的嘴……"

"喵——"

"哇！"

久米吓得差点儿跳起来。

"福尔摩斯在后座看着你哦。"

"你啊……真是一点儿没变，以前就是个有意思的人。"

久米叹了口气说道，"那你要答应我，不可以跟任何人说。"

"都闹出人命来了，一个死了，一个昏迷不醒。我需要知道事情的真相。"晴美说道，"要是凶手另有其人，就必须尽快抓捕归案，否则说不定还会出现新的受害者。"

久米脸上露出了些许愧疚。

"你说话总是这么头头是道。"他看了看晴美，说道，"好吧。的确，他俩确实是事先计划好的。"

"你是听谁说的？"

久米的脸上露出恶作剧般的表情："你猜？"

"我在问你。"

"好了好了，我就跟你实话实说吧。有人曾拜托我，说是在他俩逃跑的时候，万一有人试图阻拦，我就想办法让现场乱作一团，让他俩趁机逃走——拜托我的，是山田裕介。"

"你说什么？"晴美哑然失语，"是谁拜托你的？"

"山田。对，是新郎委托我的。"

4

"抱歉。"山田低头道歉，"我也不知该怎么跟你说，就一直瞒着了。"

"什么意思？"

片山问道。

"那个……"山田挠了挠头，"我也是受美雪之托。"

"受美雪之托？"

片山等人约了山田，等他下班后在一家小吃店里碰了面。

"这是怎么回事？"

"那个……我和美雪相了个亲。"山田说道，"我对她一见钟情，就在相亲的那家宾馆的餐厅里。吃完饭，我和她两个人就会到院子里去散步，这是先前定好的。可是……美雪突然两手杵在桌上，对我说了句'请务必回绝'。当时我吃了一惊……"

"也就是说，你当时就听她说有个叫高田的恋人？"

"没错。站在我的立场，这虽然挺遗憾，但也没办法。而且我和她聊了一会儿之后发现，即便美雪没有和我走到一起，她母亲也不会同意她和高田在一起。"

"说的也是。"

"既然如此，那么美雪的母亲今后估计还会逼她继续相亲。后来我想，能不能找个适合的机会呢……突然，我想起那部电影《毕业生》的最后一幕，不如就来上演这一幕吧？后来我跟美雪说，只要我们假装要结婚，她母亲就会放心了。然后，到了结婚当天，她就和高田一起逃走，当着所有人的面——这样一来，估计她母亲就会死心了。"

片山惊呆了。

"可是……那么山田你……"

"自然，众人肯定会嘲笑我，但没关系。迟早有一天，大家会忘记这件事。但这么一来，至少美雪能找到属于她的幸福……当时我是这么想的。"

"真令人吃惊。"晴美叹了口气，"哥，你们这一代人还真是善良。"

"不，其实我不完全是为了美雪，我是想着或许这件事能招来哪个女孩对我的同情心。"山田说道，"可是……现在成了这个结果！或许从一开始，我就不该这么做……"

片山一句话都说不出来，只能看着一脸心痛的山田。

"那……这就奇怪了。"晴美说道，"如果真是这样，高田久志就没理由杀害美雪了。"

"没错。"片山也点了点头，"既然如此，高田就不应该是凶手。"

"到底是谁干的？"

片山思考片刻："去问高田吧。"

说着，他站起身。

"石津。"

晴美刚叫了一声，石津便立刻跳起来。

"晴美！"

"嘘！这里是医院。"

"抱……抱歉。"石津连忙左右看了看，"晴美……那个……你的约会怎么样？"

"约会？"晴美反问了一句，"你说什么啊？"

晴美似乎早就把这事儿给忘了。

"不，没什么……"

石津的模样既像是松了口气，又像是有些失望。

在医院的走廊上，石津搬了把椅子坐在门口，监视着屋里的人。

"情况怎么样？"

"我很好，食欲也不错。"

"太好了。高田久志的情况怎么样？"

"还没恢复意识，食欲似乎也不行。"

石津一脸镇静地回答道。

"他还有救吗？"

"不清楚。照医生的话……对了，医生是怎么说的来

42

着？"石津歪着头想了想，"总之好像还活着。"

"太好了。"晴美拍了拍石津的肩，"总而言之，你好好监视着，到明天早上。"

"是！"

照这阵势，估计石津免不了要连续熬几个通宵了。

晴美离开后，石津独自坐到椅子上，打了个大呵欠。

深夜两点。脚步声响起，护士走过来。

"量体温了。"

"辛苦。"

石津说道。

护士走进病房，摸黑走到床边。

"哔哔哔……"监测心跳的心电图仪器发出单调的声音。

护士弯腰凑到高田身旁，观察了一下他的情况。

汗水从下巴滴落。

护士拿出备用枕头，移到高田的脸上，轻轻地放下去。之后，她突然使尽全身力气，猛地把枕头按在高田的脸上，然后整个人扑上去……

"呀！"

感觉到脚踝一阵疼痛，护士连忙移开枕头，后退两步。

"喵——"

福尔摩斯从床下钻出来。

护士转身要逃，房门却被人猛地打开……

"投降吧。"片山说道，"福尔摩斯挠出来的爪痕是不会很快消失的。"

护士脚下一个趔趄，一屁股坐到地上。

"太好了。"晴美说道，"险些又有人被杀。"

护士轻轻点了点头："嗯……太好了。我也松了口气。"

随后，她静静地啜泣起来。

"出谷是怎么回事？"

高山焦躁地问道。

"不清楚……我什么都没听说。"

手下的年轻女员工耸了耸肩。

"是嘛。要是她不说一声就不来上班，可不是小事啊。"

高山摇了摇头。

电话铃响起，高山和客户闲聊起来。

"啊，上次那是撞运气。哈哈哈……是，下次一定……"

"部长！"

"我在打电话呢……嗯，然后呢？……真的，所谓初学者的幸运吧。"

"部长……"

"你怎么这么烦？"

"出谷她……"

高山一愣，在鸦雀无声的办公室里环视一圈。向他走来的正是出谷圭子，可是她身上穿的并非日常的事务服。

"部长。"圭子来到高山面前。

"喂……你这身打扮是怎么回事？"

圭子低头看了看身上洁白的婚纱。

"怎么样？合适吗？"她说，"我希望有一天能穿上这身衣服和你并肩站着……"

"喂！"

"但这是不可能的。不过，总是在宾馆里被你抱在怀里，心里有时难免会有这种幻想。"

"喂，你在胡说八道些什么？"高山急得站起身，"我们到那边去聊……来，这边。"

圭子甩开高山的手。

"我能原谅你对美雪的感情。我以为你迟早会回头。可是……我没想到你竟然下手杀了美雪，我也没想到你会对美雪那么执着！"

"闭嘴！你是不是疯了？"

"就算如此，要是你一个人搞定一切，我也无话可说，可你最后居然让我来帮你善后……真是太过分了！"圭子重重地叹了口气，说道，"我一直很想穿上这身衣服。"

"圭子……出谷，你到底怎么了？是不是病了？喂，你们去给她叫辆救护车！"

高山怒吼道。

"我想穿上婚纱挽着你的手臂走走！"

圭子把手臂牢牢地缠在高山的手臂上。

"你在干什么！"

"我们一起去找警察吧。"

"胡说什么！"

"等进了监狱，我就没机会穿这身婚纱了。"

"住手！喂，放开我！我什么都不知道。"高山使劲儿甩开圭子的手臂，大声叫嚷着，"喂！你们快把她弄出去！这家伙疯了！"

"疯了的恐怕是你。"

说这话的是片山。

"刑警……"

"你如果只是疯了倒还罢了。你下手杀害美雪，还想把杀人的罪名甩给高田。你设计成高田要自杀，设局想杀掉他。计划失败后,你又让恋人出谷圭子下手。我只能说,你是个彻头彻尾冷血无情的杀人犯。"

"我……我什么都不知道!"高山的脸涨得通红,"这女人含血喷人!她不可理喻!"

"你……"圭子咬牙切齿地说道,"去死吧!"

她高声叫嚷了这一句,抄起桌上的裁纸刀。

"住手!"

片山冲了过去。

"救我!"

高山往后一闪,但裁纸刀还是刺中了他。高山惨叫起来。

圭子提起婚纱的裙角冲上前。

"住手!"

片山高叫道。

"呀——"

女员工们发出了尖叫声。

"出谷圭子很清楚房间里的哪扇窗能打开。"片山叹了口气,"真是可怜。"

"当场死亡?"

晴美问道。

"嗯，毕竟是七楼。"

"身上还穿着婚纱……不过，这大概是她最后的心愿。"

"她大概是想赎罪。"

"喵——"

福尔摩斯像是在安慰两个人，叫了一声。

夜幕再次降临。尽管不算太晚，但来医院探病的人差不多开始离去了。

医生走到片山等人身旁。

"您是刑警吧？"

"怎么样？高田他……"

"嗯，已经脱离危险。"医生点点头，"估计明天就会恢复意识。"

"太好了！"

晴美轻抚了一下胸口。

"是嘛……这下子，高山完蛋了。"片山说道，"等他能说话时，请通知我们一声。"

"好。"

医生点头离去后，片山才觉察到山田就站在自己身旁。

"你来了？"

"是……我都听说了。太好了，哪怕只有一个获救。"

"可是……"

"确实会让人觉得有些遗憾，要是美雪也得救……她确实很想从高山身边逃走。"

"毕竟她受了高山的照顾，不能丢下他不管。她心里估计也挺为难吧。"

"要是她能把这些情况告诉我……"山田叹了口气，"看来我这个人，确实没什么人望啊。"

"喂，"听了哥哥和山田的对话，晴美开口了，"动辄自我反省，这也是你们这一代人的习惯呢。"

"听说刚才高山已经认罪……咦？"石津走到他们身边说道。

众人抬眼一看，只见久米沿着走廊走过来。

"这不是久米吗？"

"片山，晴美！太好了，你们都在这儿呢。"

"你有事找我们？"

听到晴美的问话，久米干咳一声，

"我这次来是要再次向你提议：和我约会，怎么样？"

不必说，片山和福尔摩斯好不容易才拉住了打算飞身扑向久米的石津……

衣 柜

“好了，这是最后一件。”

井田一边擦拭额头的汗，一边说道。

“终于到最后一件了啊。”

妻子知子喘了口气说道。

“真是不容易啊。”井田重重地喘了口气，“好，总而言之，再加把劲儿把它搬进去。”

“还是个大件。”

“没办法。当初收拾的时候把它放到了最里边……要往上搬了，你在下边垫个推车吧。”

“你小心点儿。”知子说道，“话说回来，怎么没有一个人过来帮帮我们啊……”

“嘘！会被听到的。”

“听到才好。”

知子一脸不满。

也难怪知子感到不满，毕竟搬家的卡车早上十点就抵达这个小区。现在天色已经完全昏黑，每户人家的窗户都亮起了灯，飘散出晚饭的香气了。

不管是井田还是知子，都没想到竟会花费这么长时间。

说起根源，其实是先前答应来帮忙的井田的三个朋友都因工作来不了，到头来，必须由他们夫妇俩动手了。

话虽如此，井田的朋友其实和他一样，都是三十二三岁，正是工作最忙的阶段。同样是工薪族，井田不能抱怨什么。

井田自行驾驶小型卡车，好不容易来到这个小区，动手往自己的新家——话虽如此，但并非新建住宅，只是对外出租的空房间——搬运行李。

这可不是轻松活儿。

以前的公寓在一楼，可以把卡车开到家门口，往卡车装货算不上太辛苦。

而这里……尽管房型从一居室扩成了三居室，但房子位于三楼，而且没有电梯。

即便只是一居室，三年的婚姻生活里也积攒了不少东西，光是杂物就动用了二十个硬纸箱，再加上桌椅、柜子……

仅靠两个人把这些东西搬到三楼，的确是件辛苦活儿。中途不抽空休息一下，根本坚持不下来。

虽然两人曾寄望于附近的邻居或许会来帮帮忙，可实际上根本没有任何人主动上前——即使有人路过时瞥上一眼，也都没有问候一声。

夫妇俩一直忙活到这时候。

"好，只差最后一件。"

衣柜——这在两人搬来的家具里算是最大的一件。

知子现年二十八岁，直到三年前结婚时——不，直到现在——她是一名演员。尽管乏人问津，但毕竟曾不止一次登上舞台，偶尔也在电视剧里露面。

正是这个缘故，她添置了演出服之类的行头。

"真够沉的……喂！"井田擦了擦汗，"这玩意儿怎么这么沉？"

"因为只有一个衣柜，所以不管什么东西全塞在里面。"知子在卡车旁说道，"我的衣服、你的衣服，还有舞台演出服之类的。"

"看来下次得多买两三个衣柜。"井田说道，"好了，往下搬了哦。"

"你小心点儿！"

"嗯……实在是够沉的。"

井田把衣柜推到卡车货架的一端，尽量靠边且不让它掉下来，自己跳下车。

"好了。接下来要怎么搬呢？"他一边喘气一边抬头看了看，"要不干脆先把里面的东西都清出来？"

"喵——"

两人对视一眼。

"刚才是什么声音？"

"是猫。"

有人回答道。

两人扭头一看，只见身旁有一只三色猫。说"是猫"的自然不会是猫，而是猫的年轻女主人。她身后还站着两名男子。

其中一名男子身形稍显瘦弱，性格看起来应该比较温和；另一名男子则壮实一些。一眼看去，应该都是好人。

"在搬家？真辛苦啊，忙活到这时候了。"

女子说道。

"嗯，本来约好来帮忙的几个朋友碰巧来不了。这是最后一件了。"

井田说道。

"看起来似乎挺沉。石津，你去帮帮忙吧？"

"啊……不……这……"

没等井田把话说话，身材壮实的男子已经脱下外衣。

"片山，你帮忙扶一下。"

"不好意思，实在太感谢了。"

知子说道。

"这事儿还是一个人来做更趁手，万一平衡感没了，反而会更危险呢。"

名叫石津的男子站到了卡车货架下方。

"你上去把这家伙推到我背上。"

"没问题吗？"

井田瞪圆了眼睛。

"这样最方便。行了，上去吧。"

"嗯……"

"把推车推到货架下边……放这里就行了。"石津把自己的背贴到衣柜上，"好了，推吧。"

井田慢慢地把衣柜推到了石津的背上。石津背起衣柜，满脸通红地离开卡车，然后转身背对推车缓缓蹲下身。

"厉害！"

知子不由得高声叫出来。

石津完美地把衣柜卸到了推车上。

"嗯，挺顺利。"

石津舒了口气。

"谢谢。"

知子低头表示感谢。

"不客气,能帮上忙就好。"年轻女子说道。

"你们也住在这里吗?"

"不。我们去见了个朋友,正往家走呢。"

"是嘛……啊呀。"

那只三色猫坐在衣柜前,抬头看着上方。

"怎么了?"

"哥……福尔摩斯怎么有点儿奇怪?"

"确实。"片山点点头,"这里边装的只有衣服吗?"

"啊?当然了。"

为了避免柜门在搬运途中敞开,井田夫妇事先在柜门上绑了绳子。

"石津,把绳子解开,打开看看。"

"这样好吗?"井田和知子互相瞧了一眼,"那个,你们干什么……"

"我们是警察。"说着,那个身形单薄的哥哥出示了一下证件,"看看柜子里边,石津。"

"是。"

绳索解开,柜门打开……还没等石津动手,柜门就"咔嚓"一声开了，随后……

一名女子——身穿华丽晚礼服的年轻女子——蜷着身子从柜子里滚出来。

众人惊讶得合不拢嘴。女子的胸前已被血染成黑红色，不管怎么看，似乎都已经死了……

"由加利……"

井田知子喃喃道。

"什么？"片山正准备把证件收起，这时停下来，"你刚才说什么？"

"她是由加利，永江由加利，被塞到衣柜里的人。"

片山和晴美交换了一个眼神。"你认识她？"

"是……不过我不是很想提起。说起来……"知子犹豫地说道。

在井田夫妻的新家里。

当然了，眼下这套房子还没法入住，但为了展开调查，暂时借用一下。

石津正陪着井田哲（丈夫的名字）沿着卡车驶来的路折返回去查看。

"大致看来，被害人是被锋利的刀具刺中前胸，几乎是当场死亡。估计已经死亡十几个小时。"片山说道。

"也就是说……是在卡车出发前?"晴美说道,"那么尸体又是在什么时候被塞进衣柜里的?"

"这个嘛,应该是在搬到卡车上之前。搬到车上之后,衣柜前已然堆了许多行李,要打开柜门不是件轻松事;而且一旦有人打开柜门,里边的衣服就会掉出来。"

"说得也是。那么,你俩是谁在柜门上绑绳子的?"

"不清楚……"知子想了一下,"要么是我,要么是我丈夫……记不清了。当时那个忙乱劲儿跟打仗似的。"

片山点了点头,片刻后开口说道:"请你说一说永江由加利的情况吧。"

面对愿意讲述的人,问话的语气不能咄咄逼人。稍等片刻,效果反而会更好。

知子叹了口气。

"她和我同属一个剧团。我和她只相差一岁。说到受欢迎程度,她和我差不了多少。不过由加利比我漂亮,在广告片里做过模特。"

"剧团……你是演员?"

晴美说道。

"是的。当然不是为了赚钱,相反,我们还倒贴点儿。

但我丈夫说，如果不做点儿什么，生活的意义会浅薄……”

说到这里，知子停下来。

片山和晴美彼此看了一眼。

“你当时立刻认出那具尸体了吧？那具尸体就是……永江由加利。你却不想说太多。”

“是的……”

知子低下了头。

“这究竟是……”

“我丈夫也认识她。”知子依旧低着头，“我丈夫也立刻认出她了。”

“你丈夫和永江由加利是什么关系？”

隔了片刻，知子才开了口。

“我也不大清楚。”

“可是……”

“听传闻……我也是听剧团的女孩说的……她们说，曾看到我丈夫搂着由加利的肩膀走在夜晚的街上，又说由加利曾声称我丈夫和她开车去郊外兜过风。但这些事，我本人都没有看到过。”

知子一脸僵硬的表情。

“原来如此。可是你丈夫当时为什么一句话都没说？”

听了片山的问话，知子耸了耸肩，像是懒得想，说道："你还是去问我丈夫吧。"

这时，石津和井田回来了。

"哟，片山，一路上都是开车过来的。"

"情况怎么样？"

"基本上不大可能把那个衣柜在路上卸下来或放上去。一路上都没有那种行人较少、有足够空间装卸衣柜的地方。"

"是吗？这么说来，尸体应该从一开始就装在衣柜里。"

"简直搞不懂。"井田摇了摇头，"衣柜里怎么会有一具从未见过、完全陌生的女尸？感觉像是在做噩梦。"

井田说完这话，似乎察觉到室内的氛围有些不对劲。知子把头扭向一旁。

"你怎么了，知子？"

"你是狗吃馒头，心里有数。"

"什么馒头？有数什么？"

"井田先生，"片山说道，"从尊夫人提供的信息来看，死者似乎叫永江由加利。"

"由加利……怎么可能？"井田微微一笑，"莫非……对了！那是……"

接着，井田的脸色变得铁青。

"你可别跟我说你刚才没发现。"知子瞪了丈夫一眼，"你连自己的恋人长什么样儿都忘了吗？"

"喂……我确实认识由加利，但她不是我的恋人啊！还有，我确实没发现……真的！她一身那样的装扮，完全看不出来是她。"

"就算她穿了一身晚礼服……"

"那么，知子，你的意思是……是我杀了她？"

井田说这话的时候，似乎有一半是在开玩笑，知子却回答道："我不知道……我不知道啊。"

低头捂住脸，哭了起来。

井田一脸不知所措。

只有石津还没明白状况。

"怎么回事？我说，片山，晴美……还有福尔摩斯……"

他把众人挨个儿问了一遍，但没有一个理会他。

2

"喂！你在那儿干吗？别傻站着！"

震耳欲聋的吼声响彻足以容纳两百人的大厅。

"过于密集了！散开点儿！"

朝舞台方向高声吼叫的，是一名站在空荡荡观众席正中央的肥胖男子。

"打扰了。"

片山冲男子说道。

"喂，看不到桌子了！要是从观众席看不到，那还有什么意义？"肥胖男子又吼了一声，瞪了片山一眼，"这儿正在排练，看不到吗？"

"我知道。不过，我这边的事也挺着急的。"

片山出示了警察证件。

"由加利的事？那好吧。"导演站起身来，"休息三十分钟！"

舞台上的众人都松了口气。片山觉得自己似乎成了大家的救星。

"您是久保悟先生吧？"

"我就是。"久保点点头，"好了，请坐吧。由加利确实挺可怜的。"

久保嘴上说了句"请坐"，实际上似乎并没有这意思。

"您和永江由加利小姐熟吗？"

片山问道。

"不是特别熟……嗯，主要是因为她似乎不是特别适合当演员。"

久保轻描淡写地说道。

"那么，关于由加利小姐的私生活方面呢？"

"你如果要说这些事，最好还是去找剧团里的其他人问问吧。"久保朝舞台方向抬了抬下巴，"我不可能了解每个团员的私生活。"

"想来也是。那么关于井田知子女士呢？"

"知子倒是比由加利好一些，有点儿天赋。但如果让她担任重要角色，感觉还是欠缺一些星光。"久保说道，"听说由加利的尸体是在知子那里发现的？"

"是的。有关井田哲先生和由加利小姐之间的事，您听说过什么吗？"

"我以后会打听。这里很忙，我没工夫理会团员们的花边新闻。"

久保苦笑了一下。

这话听起来似乎是真心话，但同时好像有些过于认真。

"好的。抱歉打扰了。"

片山刚准备起身。

"嗯，不过呢……尸体从衣柜里滚出来？这种事听起来怎么好像电视剧似的。"

久保摇着头说道。

看到久保兴味盎然的模样，片山不由得感到一丝不快。

"这里有没有哪位演员和永江由加利小姐处得比较好的？"

"嗯……除了知子之外，大概就属纪子了。"

"纪子？"

"滨田纪子。你看，就是站在舞台角落的那个高个子。"

久保用手一指。

"由加利竟然死了。"身材瘦高的女子说道，"我至今没法儿相信。"

"你们的关系很好吗？"

片山问道。

"嗯，这倒是……毕竟在剧团里很难找到更亲近的人。"

滨田纪子一边点烟一边说道。

这是在剧场的大厅里，此时是休息时间，众人都按各自喜好的方式休息着。

"你之前知道由加利小姐和井田先生交往的事吗？"

"有时会听她抱怨几句。我当时提醒过她，说不管怎么说，对方是有妇之夫，不能陷得太深。"

"您有没有听她说起最近他俩相处不太融洽之类的？"

"这就不清楚了……总而言之，最近一段时间，他们似乎一直在争吵。其实，女人吧，无论是黑是白，不弄个清清楚楚就不甘心。"

"原来如此。"片山点点头，"这烟……"

"啊？来一支？"

"不，我不抽烟，只不过先前听说由加利小姐抽的也是这个牌子的香烟。"

"嗯……关系比较好的话，会互相分享的。后来是因为嫌麻烦，就抽起同款了。"

"是吗？嗯，真是感谢。"

"尽快把凶手抓捕归案吧。"

滨田纪子一脸疲倦，向后台走去。见她走远了，片山才叹了口气。

香烟啊……

自己随口一提，对方居然立刻上钩了。

说什么和永江由加利关系不错，这种话估计是信口开河。但告诉片山滨田纪子和由加利关系不错的是久保悟。

如果是久保让滨田纪子这么说的，那他就是在借滨田纪子的口诱导警方：由加利和井田关系不错。

也就是说，久保心里应该藏着什么事。看样子，对久保这个人似乎需要多加留意才行啊。片山想道。

"井田太太……知子太太。"

被人这么一叫，知子才反应过来对方是在叫自己。

"哎呀。"

知子刚从小区超市购物回来。明媚的阳光下，孩子们正来回奔跑、玩耍。

"你是上次那位……片山晴美小姐，是吧？"

"嗯，还有福尔摩斯。"

晴美脚边坐着那只毛色光亮的三色猫。

"你们还真是整天待在一起呢。"知子微微一笑，"今天是有什么事吗？"

"没什么，只是想知道你们现在的情况怎么样。稍微平静下来了吧？"

听了晴美的询问，知子苦笑一下。

"简直热闹非凡，每天都有好多人来看热闹。"

"看热闹？"

"嗯。他们还一脸平静地告诉孩子们：'这里就是杀人犯居住的公寓楼。'"

"真过分。"

"话说回来，房东没把我们赶出来算是不错了。事务所的管理人也给我们办好了手续，没什么可抱怨的。只不过……虽然住在同一栋楼里，抬头不见低头见，却几乎没有人和我们打招呼。"

晴美点点头。不管怎么说，这个话题都造成了巨大的冲击，估计邻居们早就作好了心理准备，必定会如此演变。

"购物都是去超市。"知子一边向自己家的方向走去一边说道，"在超市里最多说一句'多少钱'，这样一来就不必说太多的废话。"

"如果去普通商店……"

"不行。人家都不拿正眼看我们，真让人受不了。"

知子叹了口气。

"您丈夫呢？"

"嗯……他还坚持去公司。感觉他们公司里似乎也有人说三道四，他却从来不跟我说。"

"忍一忍。等到把真凶捉拿归案就好了。"

"是啊。进屋坐会儿吧？你算是这个家的第一位客人。"

走进屋，晴美发现屋里十分整洁，令人吃惊。

"真整洁啊。"

"谢谢夸奖。"知子微微一笑，"不过这话在我听来实在是没法开心起来啊。毕竟我在这个小区整天不出门，大伙儿都看着呢，所以只能把屋子收拾收拾，整理整理。"

晴美看见先前那只衣柜被摆到了里边的房间。

"即便被送回来也没心思用了。"知子说道，"话说回来，要把它扔掉也不是件容易事。真愁人。"

晴美默默地点点头。

"可是……既然把它摆在家里，就总是不由自主地去看。我和丈夫之间也没有什么话可说了。"知子轻轻地擦了擦眼角，"抱歉。不过……说起来有点儿丢人，昨晚他倒是钻进我被窝来了，但我一点儿心思都没有。我心里总在想，莫非是他下手杀死由加利……"

"那么您丈夫呢？"

"当时已经是半夜，之后他出门散了会儿步，然后回来了。其实他心里也挺苦闷。"

福尔摩斯"喵——"地叫了一声，走到衣柜前。

"怎么？"晴美跟了过去，"你是要我把衣柜打开吗？"

"喵——"

"知子太太，柜子里装着什么？"

"还是先前那样……只不过现在里头没有尸体。"

晴美打开衣柜的门，只见里面塞满了皱巴巴的衣服。

这时——福尔摩斯突然跳进衣柜，从里头拽出一件衣服。

"福尔摩斯……你干什么？"晴美还没回过神儿，只见福尔摩斯一件接一件地把衣服给拽出来。

"福尔摩斯……"

"喵——"福尔摩斯叫了一声，像是在说，"还不明白？"

"干什么？你打算把里面的东西都弄出来？"

晴美嘴上这么说着。

把里面的东西都弄出来……晴美突然感觉自己先前似乎曾在什么地方听到过这句话。

是在哪儿来着？

里面的东西……把里面的东西都弄出来。

把里面的东西都弄出来，然后……对了，这句话……

"对了！"晴美突然抱起了福尔摩斯，"没错，我差点儿忘了。"

知子完全搞不清楚状况，呆愣愣的。

"晴美小姐……"

"你听我说，"晴美说道，"你回想一下当时的情况。我们还没跟你们打招呼的时候，你丈夫当时正打算把衣柜从卡车上卸下来。"

"对，没错。"

"当时他说了什么来着？你还记得吗？"

知子想了想，说："不清楚……"

"当时他说，要不把里面的东西都清出来？"

知子缓缓点了点头："嗯，他这么说过，我想起来了。"

"好了，你现在明白了吧？如果你丈夫是凶手，如果把永江由加利的尸体藏到衣柜里的人是他，他就不可能说出'把里面的东西都清出来'这种话。"

"确实如此。"知子一愣，"这么说……"

"对吧？你丈夫不可能是凶手。"

"喵——"

福尔摩斯好像也在说"就是嘛"。

"对啊！我怎么连这么简单的逻辑都想不明白呢？"知子的脸上泛起红晕，"先前我还一直在想，希望能把当时的事都忘掉。只是如果不能尽快抓住真凶，周围的眼光还是不会有任何改变……现在这些事都无所谓了！"泪水从知子的眼眶中滑落，"只要我自己相信我丈夫就行了……啊，真是太好了！"

知子从晴美的臂弯里抱过福尔摩斯，亲吻了它。

"谢谢你，小猫咪！"

福尔摩斯愣了愣，估计它在内心一定喃喃道："幸好不是片山，不然我就要被你折腾得晕血了……"

3

"井田。"

内山科长冲井田叫了一声。

"在。"

井田立刻站起身向科长的座位走去。

"那个……其实，现在的职位暂时保留一下。抱歉啊。"

内山小声说道。

但整个科室不是很大，就算说话的声音再小，大家也都听得清清楚楚，尤其是在人人都竖起耳朵专注聆听的当口。

"是吗？"井田好不容易才不让自己的语调流露出内心的失望，"好的。"

"你再稍微等等吧。"

内山绝不是坏人，尽管行事方面有些明哲保身，但他对井田没有恶意。

"嗯，我知道。"

内山只是区区一个科长。站在他的立场，只能把上头的决定原封不动地转达给井田。

井田起身去泡茶，迈步走向走廊深处的茶水室。

"啊，井田。"

一个女人正在清洗客人用的茶碗，扭头叫了他一声。

"是你啊？"

本间加代子微微一笑："要来杯茶吗？我给你泡。"

"那就不好意思了。"

"你稍等一下，我马上就洗好了。"本间动作麻利地在用过的茶碗上倒了些清洗剂，"出什么事了？"

"那个……"话到嘴边，井田转念一想，耸了耸肩，"说是职位暂时保留。迟早有一天，这个位子会有人顶上。"

"这还真是有点儿麻烦。"本间加代子说道，"这也没办法啊。站在公司的立场，不能把系长的位子交给一个不知什么时候就会被警察带走的嫌疑人。"

井田抱起双臂，靠到墙边。

"你也一样。要是跟我走得太近，会受牵连哦。"

"别说了。"加代子瞪了井田一眼，"整天说这些丧气话干什么？得好好振作起来。你如果自暴自弃，好事情就永远不会找上你哦。"

井田稍微低下了头。

"抱歉。"他说道，"我心里也明白，可是……"

井田的公司正处于人事调整期。井田升任系长的事原本已经定下来了，内山科长也给过他承诺。

就在这时，那个案子出现了。

尽管现在还不能一口咬定井田就是凶手，但不管怎么说，相熟女人的尸体出现在自己家的衣柜里——在这种情况下，井田难免会被怀疑。

因此在公司这边，井田的系长任命就被搁置了。又因为这个位子不能总是空着，所以估计不久就会有人来顶上。到头来，井田依旧是个普通的小职员。

从井田的角度来说，他其实并不是特别在意这个职位。但如果仅仅因为这个理由，到嘴的鸭子就飞了——这让井田心里有些不大舒服。

"你太太没事吧？"

加代子一边泡茶一边问道。

"嗯……不过说实话，也不能说是没事。"

井田说起小区里邻居的态度，加代子皱起了眉头。

"真可怜。你如果不多关心她一下，她会崩溃吧？"

"是啊。可是……"

"她相信你吗？"

井田小口抿着加代子端来的茶。

"我也不知道。估计从内心深处，她应该不相信我。"

加代子叹了口气。

72

"我也有责任。"

"你不必这么想。要怪，还是得怪我。"

两人沉默了片刻。

井田和本间加代子已经交往了半年，尽管次数不多，但两人以前曾经去过宾馆。

知子觉得丈夫"有问题"，并非无端猜忌——井田出轨的对象并非永江由加利，而是本间加代子。

由加利曾经到井田和知子的公寓去玩，井田的确认识她。对井田来说，尽管他和由加利之间清清白白，但被列为嫌疑人，他无法自证清白，其中也掺杂着他与加代子之间的问题。总而言之，井田的内心几乎乱成了一团麻。

加代子现年二十六岁，单身。在和井田的关系中，加代子是积极主动的一方。

"如果……你实在没办法，不得不设法证明自己的清白，就把我们的事说出来吧。"

加代子说道。

"我不会说的。"

"可是……"

"说出来，你就没法在这家公司待下去了。"

"总会有办法的。"加代子耸耸肩，"事务性的工作，随处找得到。真到了那时候，我就好好地向你太太道歉。"

"我没打算坦白到那种程度……"井田的话听起来有些暧昧不清，"嗯……说起来，一切都不好说啊。"

"不过，你要记得回家啊。"

听了加代子的话，井田一愣。

"你看，你是不是又不准备回家了？"

"也不是。我是觉得大概稍晚一点儿回去比较好。"

"不行。"

"今晚……能一起吗？"

"你在说什么！你到底有没有搞清楚现在是什么状况？"

"正因为是这种状况，我才身心俱疲，晚上没法入睡。我想忘掉所有的烦恼。"

"你的感受，我能明白……但这样是不行的。"

加代子摇了摇头。

"是吗？"

"不行。"

加代子转过身，一边留神听靠近茶水间的众人吵吵嚷嚷的说话声，一边迈出了脚步。

井田啜饮着稍微有些苦涩的茶水，回到了自己的座位上。

"咚。"

有人敲了一下房门。

"谁啊？"

正在研究剧本的久保悟头也不抬地说道。听到后台房门打开的声音，他这才抬起头。

"是你啊？"

"现在忙吗？"

滨田纪子的声音听起来带着一丝慵懒。

尽管导演提醒过她很多次，她却一直不改。

"看不出来吗？"久保一脸不快，"突然住院了！真是的，现在这些演员呀。"

"顶替的人选，定下来了吗？"

纪子顺手关上房门。

"还没呢。毕竟这个角色的台词挺多，估计只能从其他剧团借人来救场了。"久保停下正在剧本上挥笔修改的手，"你有什么事？"

"我不是把事情都办好了嘛。"

久保心里很明白纪子到底在说什么——是他让纪子告诉刑警，由加利和那个叫井田的男人"关系不一般"。

"嗯，我知道。"久保叹口气，"我不是给你零花钱了？"

"你要我办的这件事，还真够轻松、便宜啊。"

纪子笑道。

"没叫你去演什么难演的角色吧？"

"算是吧。不过……"纪子在这个乱七八糟的后台房间里找了把椅子坐下，"但是去跟刑警说出真相会更简单哦。"

"你说什么？"

"先前我所说的都是谎言，是久保导演让我那么说，我才那么说的——这就是我的新台词。对你来说，这恐怕会是个大问题吧？"

久保的表情僵硬了。

"你在威胁我？"

"我哪儿敢啊。"纪子微微一笑，"我一直都很尊敬导演。真的，我是不可能威胁导演的。"

"你想要钱？"

"不是。我知道你手上没多少钱。由加利以前也说过，'咱们的导演真是够小气的'。"

纪子笑了。

"那你想要什么？"

"那个角色。"

"什么？"

"让我来演。"

久保的目光再次投向剧本。

"你演不了这个角色。"

"怎么演不了？我的台词从来都记得清清楚楚。还有，我一直挺喜欢这个角色，对应的台词我也大体有印象。只要给我两三天时间，我就能全部记住。"

纪子掏出一支烟，点上火。

"怎么样？你一分钱都不用花，我也不再多说什么。"

久保盯着纪子，看了一阵子。

"你是认真的？"

"你指哪件事？是去找刑警聊天还是要演这个角色？"

"都是。"

"那么我是说真的哦，都认真。"

纪子两眼放光，盯着久保。她此刻的眼神和以往那种"总像在犯困"的眼神完全不同。

"是吗？"过了一阵子，久保说道，"没办法。"

"我就知道你会答应。"纪子微微一笑，"那么，这个角色就是我的了。"

"等一等……我先试试看你是不是真的能把台词都记住，这也是理所当然的要求吧？我们这里是收钱演戏给观众看的，顶替的人选要是连台词都记不住，就太不像话了。"

"没问题。"

"给你几天能记住？"久保问道，"首演日期很近了。三天内，你必须记住。"

"行。"

"好。三天后，你在这里的舞台上表演给我看。要是你真的能把这个角色演下来，我就公布演员名单。在那之前，一切都要保密。"

"好。"纪子吐出一口烟，站起来说道，"敬请期待。"

说完，她微微一笑，离开了后台。

久保轻轻擦了擦汗。他体形肥胖，总是很容易出汗。

"是吗？我怎么把这个忘了！"

片山说道。

"真是的！你倒是记得牢一点儿啊。"

尽管晴美和片山一样，但不知为何，被责难的只有片山。

"我也忘了呢。"即便没人理会，石津也主动搭腔，"那个，我能再来一碗饭吗？"

"给你。"

三个人此时正在片山的公寓里。

不知从何时起，片山家已经习惯了每次吃晚饭的时候石津都会在场，但眼下的情形仍让人觉得有些不可思议。

"这么说来，凶手应该不是井田。"片山说道，"喂，给我也再来一碗饭。"

"知道了。"晴美接过哥哥递来的碗说道，"但就算是其他人干的，那是在什么时候把尸体塞进衣柜的？"

"照井田夫妇的说法，搬家的头天晚上，他们在柜门上绑了绳索，搁在公寓里。那天晚上他们没吃晚饭，晚上十点左右才到附近的餐馆吃了点儿东西。"

"啊！？"

石津高声叫嚷。

"干吗突然这么大声？"

片山睁圆了眼睛。

"没什么……我只是听到有人晚上十点才吃晚饭，觉得特别吃惊罢了。"

片山兄妹俩不得不承认，石津是个实诚的大孩子。

"出门的时候，他们没上锁。之所以那么做，是因为当时他们已经把房门钥匙还给房东了。"

"这么说来，在那段时间里，其他人可以随意进出？"

"大概有一小时左右。他们的公寓在一楼，当时周围的光线很昏暗，如果有人悄悄潜入屋子，解开绑在柜门上的绳索，把尸体塞进去再重新绑上绳索，也不是不可能。"

"可是做这种事挺危险的。"晴美似乎有些纳闷，"凶手为什么要这么做？"

"喵——"

福尔摩斯早早地吃完饭，或许它在减肥？

"你想到什么了，福尔摩斯？"

被这么一问，福尔摩斯立刻转过身舔了舔自己的前脚，开始洗脸。

"喊，你这家伙还真够冷酷无情。"

片山不满地嘟起嘴。

"现在的问题是动机。"

"井田和永江由加利是否真是一对恋人？那个叫久保的导演似乎隐瞒了什么，这一点错不了。"

"久保和由加利，这个可能性很大。"

"滨田纪子这个人，只要稍微试探一下就露马脚了。"

"那就试试吧。"

石津一心只顾吃，连对话也只听了半截儿。

"不过话说回来，就算久保和由加利有矛盾，由加利被久保杀了，久保为何特意把由加利的尸体弄去井田那里？"

"确实奇怪。就算他想嫁祸给井田也用不着这么做。"

"还特意把尸体藏到衣柜里，这也太麻烦了吧？"

"说的也是。而且凶手这么做，井田夫妇当天就能发现。"

"既然如此，凶手隐藏尸体的目的究竟是什么？"片山点点头，"总而言之，必须再去找久保聊聊。可如果正儿八经地去找他，估计……看来得给他找点儿麻烦，让他不说真话不行。"

"有办法吗？"

晴美刚说完，福尔摩斯就扭头"喵——"地叫了一声。

4

"怎么样？"

滨田纪子在舞台上轻轻舒了口气。

久保独自坐在观众席，抬头看向明亮的舞台。

"我说，你到底有没有看？要是你跟我说你打瞌睡或睡着了，我是要和你算账的哦。"

久保拍了拍手。

"太棒了，演得好。"

纪子微微一笑。

"真的？"

"老实说，先前我觉得你根本驾驭不了这个角色。不过呢，现在我认输。"

夜晚的剧场里再没有其他人。

只有久保和滨田纪子还留在剧场里，排演了因原定的出演者突然生病住院而空出来的准主角级角色的戏份。

"我把台词完全记清楚了吧？"

纪子得意扬扬地说道。

"嗯，虽然有两三处小失误，但几乎可以说是完美的。"

"啊？有失误？"

"不是什么大问题。"久保站起身，"只不过这样一来，我就要提出更进一步的要求。"

"什么意思？"

"仅仅把台词记住，是无法成功演绎这个角色的。你做到了这个份上，作为替补演员算是不错了。如果能再精进一点儿，就不是替补，而是完全可以成为主演了。"

"交给我。"

纪子的面颊泛起红潮——她果然喜欢表演。对一名演员来说，"出彩的角色"就是最好的保养品。

"好。你往这边来一点儿……嗯，站到这盏灯下。"

久保走上舞台，推着纪子向舞台深处走去。

"要在这个地方演？"

"这里有第二幕结束时的台词。从这里开始慢慢往前走。"

"边说台词边往前走？"

"对。你的情绪要渐渐地高涨起来，然后一步步往前走。但你要当心，千万别摔到观众席上哦。"

纪子笑了，笑声很高亢。

"好，开始。"久保说道，"等一下，灯光好像歪了。"

久保向舞台一侧走去。

"你千万别动哦。"

"知道了。"

纪子叉着腰点头说道。对她来说，机会终于来了！

绝不能让这个大好机会溜走。纪子暗下决心。

久保这个人作为导演只能算是二流的。等自己出了名，就立刻辞职。我一定要成为明星！

"还没好？"

纪子开口问道。

这时，尘土"哗哗"地从头顶落下……接下来的一瞬间，不知什么东西冲着纪子的脸飞过来。

"呀！"

纪子脚下一晃，跌坐在舞台上。

这时候，"咚——"的一声，舞台剧烈地震动起来。

她爬起身。刚才向她扑来的是一只猫，一只三色猫。然而……刚才自己站立的那个地方，沉重的照明灯正好砸落下来，碎裂的玻璃插在了舞台的地板上……

"你没受伤吧？"

有人冲上舞台。

"你是……"

"我是片山。"

男子伸出手，一把拉起倒在地上的纪子。

"是刑警……这……这是怎么回事？"

纪子惊魂未定。

"你刚才差点儿被照明灯砸死。"

"啊……那我得好好感谢这只小猫，是它救了我。"

"没错。有人故意把照明灯往你头上砸。"

"故意……是久保？"

终于明白了。纪子气得满脸通红。

"没错。他故意让你站到照明灯下，然后把螺丝拧松。"

"他在哪儿？我要杀了他！"

"好了，你冷静一点儿。"片山宽慰道，"请你坦诚地告诉我，你说你和由加利关系很好，这是假话吧？"

纪子叹了口气："是……"

"是久保让你这么说的？"

"没错。虽然我不想撒谎，但实在没办法，如果违逆了久保，就拿不到角色。"

"久保当时让你怎么说？"

"他让我跟你说……就说由加利和井田是一对恋人。但当时我是很不情愿的。"

"我知道。实际上，由加利在和久保交往吧？"

"是……由加利其实不想和他交往，是久保一直死缠烂打。这件事，剧团里所有人都知道。"纪子说道，"这下这场戏彻底泡汤了，真倒霉。我为什么总是这么倒霉？"

说着，耷拉下肩膀。

"她胡说！"久保连滚带爬地回到了舞台上，"这个女人先前还想恐吓我！"

石津使劲儿抓住久保的双肩。

"你这家伙，刚才还想从后门逃走！"石津说道，"作为导演，这种逃跑方式没有一点儿创意。"

"久保先生，你和由加利小姐到底是什么关系？"

片山站到久保面前。

"什么关系……我和她发生过几次关系……但她心里也有小算盘，拿到了几个出彩的角色。跟这个女人是一路货色。"

"你胡扯！"纪子瞪着久保，"他威胁说，要是我不服软，就会为难我……我是没办法……"

纪子哭起来。

"两位的戏演得真不错。"

片山叹着气说道。

"喵——"

福尔摩斯好像也在叹气……

"井田。"

内山科长叫了一声。

"在。"

井田心如死灰地站起身。

"恭喜你。"内山把一张纸递给井田，"从今天起，你就是系长了。"

井田的面颊涨红了。

"谢谢。"

"警方联系我们说，你的嫌疑已经被完全洗刷了，听说快要抓获真凶了。"

"是吗？"

"太好了，我也挺开心。"内山的语调不同于平日，充满人情味儿，还拍了拍井田的肩，"赶快去通知妻子吧。"

"嗯，我这就去。"井田先是匆匆回到自己的座位上，然后冲向一楼的公用电话……

"是的，已经没事了。"

"太好了。"

电话的另一端，知子的声音似乎有些哽咽。

"我今天早点儿回家。"

"我等你。"

知子莫非哭出声了？

挂断电话，井田扭头一看。

"哟。"

本间加代子站在自己身后几步开外。

"太好了。"加代子说道，"嗯……这下，我这颗悬着的心总算是放下来了……"

井田稍稍低下头。

"本间……"

"别说了。"加代子打断井田，"至少，让我来说。"

"你……"

"我们的关系到此为止吧。"

"嗯。"

"以后我们就当作什么事都没发生过。"

"嗯。"

加代子微微一笑,说道:"你忘了我吧。"

"本间……真抱歉。"

"你和我都不是小孩子了。"加代子摇摇头,"好了,还有工作等着你呢,系长。"

井田微微一笑,笑容中掺杂着羞愧。

回家的路上,知子加快了脚步。

这样那样的事,多有耽误,她出门购物时已经很晚了。

今晚要为井田庆祝升迁——不,其实这些事都不重要了。

关键是终于找回夫妇间的信任。值得庆祝的是这个。

今晚一定要好好做一桌菜……不知他是否已经到家?

天色完全昏暗下来。

走在小区里,虽然不能说周围是一片漆黑,但也因为如此,视野中出现多处死角。

知子此刻正准备穿过的小公园就位于一处死角。白天有一些母亲带着孩子来，但太阳落山后，就一个人影都没了。

知子最近才发现走这里可以抄近道。

"嗒嗒嗒——"她步履匆匆。

"呀！"

突然，眼前出现一道人影，差点儿把她吓得跳起来。

那道人影看起来像黑色的剪影。

"谁？"知子小心翼翼地问道，"是谁？"

"太太……你好。"

男子说道。

"啊？"知子在黑暗中仔细一看，"你是……"

"是我。"

男子往光亮处走了两步。

"啊，是科长？"

"好久不见。"

内山低头致意。

"是，好久不见。那个……我丈夫今天很开心。"

"嗯，只是正常的人事任命。"

内山说道。

"谢谢您……那个，到我们家来吃饭吧？估计我丈夫已经到家了。"

说着，知子心里突然冒出一个疑问：为什么科长知道这个小区？虽然曾经在以前的公寓里见过他，当时还一起吃了晚饭，聊得很开心……

"太太，我今天来是有话要跟你说。"

内山说道。

"有话……跟我说？"

"嗯。"

两人在公园里的长椅上坐下来。

"那个……科长。"

"别这么叫我。"

"啊？"

"你应该很清楚。以前我见到你的时候，只看了一眼就再也无法忘记了。"

知子哑然失语。

"怎么会……我和您只见过一面。"

"不，不是……打那次之后，我偷偷看过你好多次。同时，我觉察到了你丈夫的事。"

"我丈夫的事？"

"他和公司里一个叫本间加代子的女职员走得很近。"

"我丈夫……"

"说到底，他背叛了你。"

"我去跟他好好聊聊。"知子呆愣片刻，说道，"您是为了告诉我这件事而来的？"

"不，不止为了这件事……我想解救你。和那种家伙一起生活，你不可能会幸福。我决心把你解救出来。"

"科长……"

"我曾去过你们以前的公寓。要解救你，只有趁搬家这个时机。既然要开始新生活，那么什么样的新生活都一样。"

内山的双眼一直盯着前方的黑暗。

"可是你们不在家。进屋后——当时门没锁——我发现你们已经把行李打包了。这时，那女人来了。"

"由加利？"

"那女人叫这个名字吗？她似乎是来找你的，可是看到我在屋里，以为我是小偷，大吵大闹起来。"内山苦笑了一下，"简直莫名其妙，居然说我是小偷！我事前准备的刀本来是打算捅死井田的。就是这样。"

就是这样？知子不由得打了个冷战。

"可是那女人吵闹起来，我就一刀捅死了她。"内山的语气好像只是打碎了盘子，"当时我真急了。要是不管她，等警察来了就麻烦了。我当时想，杀死井田这件事当天大概不可能完成了，看当时的状况，你们可能都没法搬家。"

搬家？都闹出人命来了！这个人简直疯了！

"所以我把那女人塞进了面前的衣柜里——这样一来，至少不会影响你们搬家。等搬完了，自然会有办法。"

内山悠然地说道。知子只觉得脊背直冒冷汗。

"我以为就算你们发现了那女人，井田也会想办法处理。没想到竟然会有人怀疑井田，这完全超出了我的预料。"内山说道，"如果你丈夫被警察抓走，你就自由了。我心里其实有所期待。可是很遗憾，并没有发展到这一步。"

内山看了看知子。

"看样子，只能由我动手了。"

"科长……"知子睁大眼睛，"莫非您把他……"

"我刚刚给了他一刀。"内山掏出刀子，"你自由了。"

"啊！怎么会这样！"

知子立刻起身飞奔。

"太太！"

知子的身后，内山的叫声渐渐远去。

她发疯似的往前狂奔。

"知子！"她的丈夫也奔过来。

"老公！"知子冲到他身旁，"老公！你的伤……"

“没事，手臂被划伤了。”

井田点点头。

“太好了！”

知子一把抱住丈夫。

“当时片山他们刚好来了，救了我。”

“啊。”

片山和石津此时赶到了两人近旁。

“太太，刚才内山他……”

“我见到他了，就在那边的公园里。”

“公园？石津，我们走！”

片山和石津奔过去。

“老公……”

“真可怕。人哪，内心到底暗藏着多少疯狂的念头，谁都猜不透。”井田摇着头说道，“科长跟你说了些什么？”

知子没有忘记“本间加代子”这个名字，但是现在她根本无心提及。

“我们过去看看吧？”她催促丈夫道。

他们走进公园。

“这边！”

只听远处传来片山的声音。

"在哪儿?"

"池塘这边。"

公园里有个小池塘。苍白的灯光下,池塘被染得通红。

石津卷起裤脚,跨进池塘,一把抓住内山的手臂,随后,扭头冲片山摇了摇头……

"由加利实在太可怜了。"知子说道,"她只是过来找我,竟然遇害。"

小区的午后。

知子出门购物时偶遇晴美和福尔摩斯。

"表面看起来老实,心里的妄想症却如此严重。他似乎以为你像他迷恋着你那样迷恋着他——只要你丈夫消失,就能和他走到一起。"

"真可怕……人哪,真是无法靠外表来判断。"

"也有一些人是靠外表就能判断的。"

晴美突然把目光投向远处,这样说道。

片山和石津正朝她们走过来。石津一边走,一边满脸幸福地吃着手上的热狗。

"确实。"

知子笑了。

"喵——"

福尔摩斯也"笑"了。

"哟，什么事这么好笑？"

片山问道。

"没什么。"晴美摇了摇头，"人哪，真是直率些好。"

"对。"石津表示赞同，"肚子饿了就直率地放开肚皮吃。这是最好的选择。"

"那么，晚饭来我家吃吧？"

知子发出邀请。

"好啊！"

这种时候，抢先回答的人自然是石津了。

试映会

1

"快停下！在这种地方干什么呢？"

语气听起来似乎是认真的。

不像是恋人在闹小别扭。

"万一被看到……你知道别人会怎么想吗？"女子接着说道，"我说……你适可而止吧！"

尽管语调听起来不太冷静，但肯定是在斩钉截铁地拒绝。

"要是被看到……会被杀掉。"女子的语气并不夸张，"我不希望你死。明白吗？"

又过了片刻。

"好了，该出发了。时间到了。"

女子催促着。随后响起了一阵脚步声，回荡在混凝土空间里。不久，在厚重的大门后，脚步声骤然变得微弱，渐渐地再也听不到了。

呼——

"真是服气。"片山晴美舒了口气喃喃道。

尽管她没有特意屏住呼吸，但始终保持一动不动的姿势不是件容易的事。

在酒精的作用下，晴美的脸上泛起些许红潮。但当下她的脸颊之所以发热，其实是因为别的缘故。

大概不会有问题了？晴美从藏身的地方——某座雕塑的阴影中走出来。

这里是位于六本木的一家俱乐部，时间已过深夜十一点。

经朋友介绍，晴美来此参加聚会。所谓的业内人士齐聚一堂，人声鼎沸。

老实说，刚看到那些知名的演艺圈中人时，晴美感觉自己好像成了追星族，挺有意思的。但一小时后，她开始感到疲累、厌倦了。

鸡尾酒和拥挤的人群让晴美觉得燥热，于是她跑来俱乐部的庭院。

说是庭院，其实只是在混凝土空间里装点了美术馆常见款雕塑作品。晴美靠在雕塑旁想喘口气时，一对男女走了进来。

晴美的身影恰巧被雕塑遮挡，那对男女似乎以为庭院里没有其他人……

随后，晴美听到了那番对话——既然已经听到了，晴美怎么能现身走出来？

幸好刚才的两人似乎根本没有觉察到自己的存在，晴美只要待在原地一动不动就行了。

但刚才的对话中那句"会被杀掉"，让晴美心里"咯噔"一下。

接下来，庭院里只剩下晴美。

刚才那两人是谁？

另一个人虽然始终没出声，晴美无从判断其性别，但两人刚走进庭院时，那个一身西装的背影在晴美的视野里闪现，她认为对方应该是男性。

而那个女人……晴美不由得有些纳闷。

"那个声音……似乎在什么地方听过。"

没错，这个声音确实曾经听到过，但到底是什么时候、在哪儿听到的，晴美完全想不起来。

回到会场，吃了几口三明治，晴美打算动身离开。

再待下去似乎没什么意义，她也没有找到想上前主动聊几句的对象。

晴美准备迈步向出口走去。

"晴美！这不是晴美吗？"

即便处在如此混杂拥挤、仿佛交通高峰时段车站月台的人群里，晴美也清清楚楚地听到了对方的声音。她一愣，四处张望起来。

"是晴美吧！果然是你啊。"

站在晴美眼前的，是一位无论怎么看都不像是普通白领、身材姣好的年轻女子。

"是我啊！布子，神田布子。你忘了吗？"

"啊！"

好不容易，晴美才从对方那张美艳的脸上找到了那个性格文静、整天独自胡思乱想的初中少女的影子。

"你还记得我吗？"

"当然记得！"晴美再次打量布子，"布子……你现在在做什么呢？"

"演员。"

"演员？"

"嗯，这次我是女主角。你会来看吗？"

"当然要来看看……不过，布子你当了演员啊……对，你确实是个想象力丰富的女孩。"

"这就叫造化弄人。"布子说道，"下次我们找机会好好聊聊吧？"

"好。"

"晴美，你一点儿都没变。"

"抱歉。"晴美笑了笑，"你现在是以神田布子的本名出演吗？"

"不是，我现在叫佐野布子。"

"佐野？艺名？"

"不是。"布子摇摇头，"说来话长。"

"什么意思？"

"这里实在太吵了……我们找时间再聊吧？"

布子似乎并非纯粹找晴美叙旧。这时……

"布子，该走了。"

一个穿西装戴眼镜的男人拨开人群，向两人走过来。

"好……晴美，这是我的经纪人仓林。这是我的老朋友片山晴美。"

"你好。"经纪人向晴美略微低头致意，"这个时候，路上应该会很堵吧？"

"知道了，知道了……我现在什么都不吃了。之后记得给我找些吃的垫垫肚子。"

"我知道了。"

布子被经纪人仓林拽着手臂刚要迈步，突然停下脚步扭头问了一句："晴美，我记得你哥好像是警视厅的刑警？"

"试映会邀请函？"

片山义太郎从晴美手里接过白色信封，取出里头的信笺看了看。

"电影试映会，布子首次出演女主角。"

"神田布子……我对她有点儿印象。"片山盘起腿，"确实长得不错。"

"哎呀，听你这话，是对人家有意思？"

"你过分了。"

片山皱起眉头。

"喵——"

福尔摩斯饶有兴致地叫了一声。

这里是片山兄妹的小公寓。一只三色猫、一个大块头男人石津刑警正和兄妹俩共进晚餐。

"人家现在叫佐野布子。"晴美说道，"我已经听她说了些情况。以前她不是和妈妈两个人过日子吗？后来她妈妈再婚，她改姓了佐野。"

"哦。话说回来，能成为电影女主角确实了不得。"

"是啊，她应该挺开心的，才要大家都去看。"

"大家？"

"我们四个人。"

"我也一起吗？嗯，这倒挺让人开心啊。"石津好像有点儿飘飘然，"会不会有明星去？"

"应该会有，听说是一部引发热议的作品。"

"只要晴美你在场，无论谁都遮不住你的光芒。"

石津赞美着晴美。

"不光是这个问题。刚才不是说了嘛，在那个聚会上，我在院子里听到了那番对话。"

"嗯，你不是说没看到对方的长相？"

"我现在知道那女人是谁了。"

片山正在吃饭的手停了下来。

"喂，莫非……"

"对，你猜中了。"晴美点点头，"当时我就觉得那个说话声似乎曾经在哪里听过。就是布子嘛，那个女人。"

"那么，那个男人是她的经纪人？"

"这就不清楚了，毕竟当时那个男人一句话没说。"

"可是……你不会是觉得他们之间大概会出什么事吧？"

片山一脸抗拒地说道。

"这事儿可说不清，我又不是神仙。"

"哦？我还以为你就是神仙呢。"

"哥，你这就过分了，说的什么话嘛！什么意思嘛！"

晴美的表情恨不得把片山撕个粉碎。

"那个……晴美，能给我再来一碗饭吗？"

石津说这话倒并非意在让兄妹俩停止争吵。

"这件事背后不会另有隐情吧？"

片山说道。

"谁知道呢。她虽说想找个时间见面聊聊，但应该挺忙的，至少在试映会之前应该抽不出时间。"

"嗯。《爱与恨》，电影的名字倒是很普通。"

"这世上半数电影都可以叫这个名字。"

晴美点评道。

"喵——"

福尔摩斯早已吃完，这时突然抬头叫了一声。

"谁来了？"

晴美刚转过头就听见玄关处响起了敲门声。

"晚上好，我是佐野布子。"

门口有人唤道。

"等……等一下！"

晴美连忙起身，手忙脚乱地把饭桌搬到里屋。几分钟后，女演员进门了。

"总算抽出时间了。"佐野布子说道，"为了给电影做宣传，日程安排得满满当当。"

"难得有空闲吧？"

"靠演戏啊，演戏。"

"演戏？"

"我毕竟是演员嘛。采访时，我假装劳累过度，晕厥了，连我的经纪人都担心了。"

"那么，这下至少可以休息一天吧？"

"怎么可能？只不过把今晚的工作取消而已，明早六点又要工作了。"

"哇！你可真够忙的。"

"确实。如果没有人气，就会连续好几天没工作，整天游手好闲。如果是叫座的演员，就会忙得连睡觉的时间都没有……人生啊，总是二选一。"布子若有所思。

"不过话说回来，还是叫座的好吧？"

"这个嘛，要是不叫座，想努力也没机会。"

布子微笑着说道。

"这个笑容……你还是以前那个布子。"晴美开心起来，"我说，你不是有话要跟我和我哥说吗？这个叫石津的大块头也是刑警，你如果有什么担心的……"

"好，谢谢。"布子点点头，"其实呢……啊，他是不是来了？"

"啊？"

走廊上传来脚步声，门铃响了。晴美开门一看……

"那个……我叫丸山。"

男子其貌不扬，看上去是极普通的工薪族。估计是做推销的，晴美心想。

"请问佐野布子在吗？"

"老公，进来吧。"

布子站起身说道。

"布子，这位是……"

"我来介绍一下，丸山勇二，我丈夫。"

晴美睁大眼睛。

"丈夫？啊……你结婚了？"

"嗯。这件事连我的经纪人都不知道。"

"哟，好久不见。"丸山勇二走进屋对妻子说。

晴美和片山对视了一眼。

两人心中都有一种预感，这事儿恐怕不简单……

2

走出电梯，片山不由得睁大眼睛。

"厉害。"

"了不得！"

晴美不由得自我反省起来：自己对最近的娱乐圈似乎太缺乏关注了。

现场人头攒动。写有"《爱与恨》特别试映会"的主题标牌到处可见。

举办试映会的电影院门口聚集了数百人，连落脚的地方都难找。

"手上有明信片的观众请到这边来排队！距离试映会开始还有十五分钟！请大家稍等片刻！"

听吆喝的内容，大概是电影公司的宣传人员。人群移动起来，渐渐地排成了队列。

"我们是不是也要去排队？"

片山说道。

"拿邀请函过来应该不一样……找坐在那边桌旁的人说一声应该就可以了。"

电影院门前摆着一张标有"受邀人员问询处"的桌子。

"我们是不是来得太早了？"

"总比迟到好。"晴美说道，"去问问看，不知会不会让我们先进去。"

"喵——"

不必说，福尔摩斯也跟来了。

"还有点儿时间，要不去吃点儿什么？"

石津也来了。

"刚才不是吃过了吗？"

"那是晚饭，我说的是加餐。"

石津似乎不是在开玩笑。

"布子应该已经在里边了。找个人帮忙知会她一声，就说我们已经到了。"

晴美向标有"受邀人员问询处"的桌子走去。

"那个……"晴美打招呼道。

"喂！"

一名男子插队上来，完全无视晴美的存在。

晴美立刻板起脸，但男子丝毫没觉察到晴美在瞪视自己，径自对坐在桌边的女孩说："带我到座位上去。"

"啊？"女孩吃了一惊，"那……冒昧问一下……"

"去我和我老婆的座位上。应该有工作人员吧？"

男子貌似五十五六岁，体形肥胖，态度粗鲁。晴美这才发现男子身旁还站着一位衣着华丽的女子。

"不好意思，您如果有邀请函，能出示一下吗？"

负责接待的女孩起身问道。

"什么？喂，你知道我是谁吗？"男子一脸不快地吼道，"我是佐野布子的父亲！你给我记好了！"

晴美一惊，连忙看了一眼和男子结伴来的女子。这么说，她是布子的母亲？

尽管晴美无法立刻回想起来，但以前布子的母亲给人的印象是勤俭持家、养育女儿，一眼看去质朴而坚强。

如今一脸的浓妆和华丽的衣着却让她显露出几分苍老。

"啊，佐野先生，你好。"

听到吼声，飞奔赶来的是布子的经纪人仓林。

"喂，你怎么回事？怎么让莫名其妙的人坐在这里？"

"啊，实在抱歉！请进。好了，太太也里边请。"

仓林让两人进入。

"真是的，现在这些女孩怎么都这么自以为是！根本一无是处嘛！"

佐野依旧不依不饶，冲问询处的女孩抱怨。

晴美无话可说，站在原地。她只觉得布子实在可怜。

"那个……"

晴美尽量用温和的语气对那个沮丧的女孩打招呼。

"啊，是！请问您是哪位？"

女孩显然被刚才的状况吓到了。

"我们是受邀前来的。"晴美掏出邀请函，"可以进去了吗？"

"可以，请进吧！"

前台女孩松了口气，回应道。

大厅里，观众尚未入场，工作人员正忙碌地来回跑动。

电视台的摄影师、杂志和报纸的摄影师……近十位摄影师聚在大厅里，差不多都架设好了摄像装备。

"哥，我们到座位上去吧？"

"万一出什么事就麻烦了，我还是先转一圈。"

"现在说不清楚，不知后台是什么情况。"

"说的也是，不过……"

"我先去见见布子吧。她在哪儿？"晴美环视大厅，"啊，那个人我认识。"

一位身形颀长的青年走进大厅。

"是谁？"

片山问道。

"是个明星，叫啥来着？"

"他叫'啥来着'？"

"我说你……"晴美瞪了哥哥一眼，这时身后传来"嗤嗤"的笑声。

"啊，你是刚才……"

正是刚才被布子的父亲训斥一通的女孩。

"他们说，我不用在门口坐着了。"

"啊？真够过分的。"

"没关系。那种人其实不少见。"女孩说道，"是片山小姐吧？我是石毛启子。"

看样子应该二十二三岁，是个很清爽的女孩。

"居然把猫也带来了，真少见。"

"你错了，是猫带我们来的。"

晴美笑着说道。

"刚才那个明星是西和彦。"

"对，是这个名字！似乎是模特儿出身……"

"没错。体形好，脸蛋儿也好，可以说是出类拔萃，但唱功和演技都不怎么样。"

石毛启子说话的风格实属心直口快。

"佐野布子的父母去哪儿了？"

"去观众席了，仓林先生给他们端了咖啡。我带你们去办公室吧？佐野布子在那里。"

"谢谢！我和她是老朋友了。"

"啊？真不错……她给人的印象真不错呢。"

石毛启子率先举步。

通道上，隔着玻璃能看到外面的观众已经排起了队。

"这些都是抽中试映会邀请的观众，据说中奖率挺高。"

"是吗？"

"喂，晴美……"

片山戳了晴美一下，晴美连忙顺着哥哥的视线看去。

"啊呀。"

队列中出现了毫不起眼、一身西装的丸山勇二。

来到门牌上写有"事务所"的办公室门前，石毛启子敲了敲门，随后打开房门。

"什么事？"

仓林走出来。

"有客人找佐野布子小姐。"

"晴美！快进来！"布子几乎是将仓林一把推开，向晴美走过来，"片山警官，你们来了。"

"反正免费嘛。"

石津快人快语。

"屋子里挺狭窄的……哥，你们先去大厅，我和福尔摩斯待在这里。"

"好，那就请她来给我们带路吧。"片山看了一眼石毛启子。

"请坐。"

走进屋里，布子示意晴美坐在椅子上。

办公室只有八叠大。角落里的小沙发上，西和彦正缩脚坐着。

"这女孩是谁？"西和彦看了晴美一眼，"新人？不过看起来似乎年纪不小了。"

晴美狠狠地一脚踩在他脚上。

"啊……好痛……"

男明星一脸错愕。

"说话没有分寸。"布子笑道，"她是我初中时的朋友，很厉害哦。她哥哥是警视厅搜查一科的能干刑警。"

能干……吗？就当作"介绍人给面子"。晴美在心中喃喃道。

"还有，这只叫福尔摩斯的猫是优秀的警猫。"

"警猫？"

西和彦一脸吃惊。

"如今连猫都要上阵帮忙了？"

"喵——"

听晴美这么说，福尔摩斯适时回应了一声。

"原来是布子的朋友，那正好，"西和彦说道，"你帮忙劝说劝说布子吧。"

"什么事？"

"拍这部电影的时候，我多次向她求婚，每次她都狡猾地逃走。"

"求婚？"晴美看了看布子，"你……"

"虽然他有这份心思，我也挺开心，但我还是跟他说，找别人去吧。"布子说道。

"我不认同。像我这样的男人，你上哪儿去找？脸蛋好，身材也好，样样都很出众，既有钱，又受欢迎。你说说，你还想要什么？"

很明显，西和彦是在推销自己。晴美不由得哑然。

这可不成。你这家伙缺的大概是心眼儿吧！

"到时候，会从这边登台。"

石毛启子带着片山等人一边走一边介绍。

"很窄呢。"

"嗯，毕竟是在电影院嘛。虽说是在台上，但银幕落下之后，顶多只剩下两米宽左右。"

"确实如此。"

"在电影院里使用到舞台的机会，只有像今天这样，由演员现场向观众致意的场合。"

片山从舞台侧方看了一眼观众席。普通观众似乎还没有入场，罩着白色椅套的中央邀请席上，零零星星地坐着一些特殊观众。

坐在前排中央的是布子的父母——实际上，佐野健夫只是布子母亲的再婚对象。

片山轻轻叹了口气。

"这里有没有能让人藏身的地方？"

片山向石毛启子问道。

"藏身的地方？"启子一脸诧异，"你在想什么？"

"没什么。跟你明说也无妨，我和这位石津都是刑警。"

片山出示了证件。

"不会吧……"

石毛启子愣了一下。

很快，她就两眼放光，拉起片山的手臂——这一幕，对片山而言都太司空见惯了。

3

"那么，上台的顺序是：导演打头，然后是布子，接下来是西……没问题吧？"

负责现场主持的女主播确认道。

"我都知道了。"

满脸写着"不开心"的，是这部电影的导演多田。

"还是得稍微叮嘱叮嘱啊。万一出了什么纰漏，或者有谁提前上台，就全盘出错了。"

女主播仍在喋喋不休。

"她自己别出错就行了。"

布子悄悄地对晴美嘀咕了一句。

"大家听我说！我叫到一位，就往台上走一位。一个个来哦！"

女主播吆喝道。

"除了一个个地上台，还有其他办法吗？"

多田的讽刺话压根没进入女主播的耳朵。

　　导演看起来颇具艺术家气质，夹克衫搭配圆领毛衣，嘴里叼着烟斗，靠在舞台一侧的墙边。

　　"我说，我的发型没乱吧？"

　　西和彦问布子。

　　"嗯，头发都还在。"

　　"过分……要是带面镜子来就好了。"

　　"刚才吓了一跳吧？"

　　布子把晴美拉到一旁小声问道。

　　"你是指西向你求婚？既然你没有公开已婚的身份，那么他应该是不知情才那么做的。"

　　"真烦恼。我很爱我丈夫，可是我们俩一直分居，说不定他快把我忘了……"

　　"不会的，他今天不是来了嘛。"

　　听了晴美这句话，布子睁大眼睛。

　　"来了？他？"

　　"我刚才看到他在门口排队，错不了。"

　　"是嘛，他似乎很不喜欢这部电影。"

　　"为什么？"

　　"刚结婚就有人来找我出演这部电影的女主角。也是因为这部电影，计划好的新婚蜜月泡了汤。他估计挺在意。"

"可以理解。"

"他曾说绝对不会来看，但我还是把邀请函给了他。这么说，他真的来了……"

布子似乎很开心。

"喂，布子。"导演多田走过来，"还有什么事吗？"

"怎么了？"

"我知道后面还有招待会。要不咱俩中途溜走，单独找个地方喝一杯？"

"可是……挺疲累的，"布子笑道，"后面还有连轴转的宣传活动，我想早点儿回家休息。"

"是吗？这倒也是。"多田点点头，"嗯，那就改天。"

"嗯，好的，导演。"

多田回到了舞台旁，布子松了口气。

"布子，他是不是在追求你？"

晴美问道。

"你也这么觉得？没错。"

"一看就知道了。发生过什么事吗？"

"没什么。在剧组拍摄的时候，我一直有这种感觉。多田还是单身，我不是不能理解。"

"啊？两个男人都向你求婚了？"

"可以这么说。"

"那你更需要把话说清楚了——告诉大家，你有丈夫了。不然迟早会出事。"

"已经出事了。"

"是吗？"

这时经纪人仓林走过来，

"布子，这里的活动结束后，你先一个人悄悄离场。"

"为什么？"

"招待会上来了个大人物，在等着你呢，不先去打声招呼就麻烦了。"

"知道了。"布子叹了口气，"其实我很想看看自己出演的电影。"

"没办法，这就是当红明星的命。你去打完招呼就回来，我在这里等你。"

"知道了。"布子点点头。

仓林步履匆匆地走开。

"真够辛苦的，这位经纪人。"

晴美说道。

"是啊，他真是个好人……"

"出了什么事吗？"

"他也向我求婚了。"

晴美哑然了。

"请各位尽情观赏。"

结束语几乎都一样，这就是套路吗？片山寻思道。

片山和石津站在舞台下方的角落里，看着佐野布子等主创轮流站到麦克风前致辞。

"没什么不对劲嘛。"

石津说道。

"别大意。"

片山小声回应。

不管怎么说，现场聚集了上千名观众。不光观众席坐得满满的，连两侧的过道上也站满了人。

要是这种时候出事，必然会造成大规模混乱，将导致大批人员受伤。

"福尔摩斯，万一出事，你要小心别被踩到哦。"

片山冲自己脚边的福尔摩斯说道。

福尔摩斯一声不吭，只是默默地抬头看了看片山。眼前的会场里一片寂静。如果听到猫叫声，估计众人的目光都会聚集过来吧。

片山留意到布子的丈夫丸山坐在观众席的角落里。

他想起布子上次去自己的公寓时说过的话——有人寄了封恐吓信给她。

"当然了,这种东西以前并非没见过,"布子说道,"只不过这次的信和先前的有所不同。第一,它直接寄到我的公寓。我从未公开过自己的公寓地址,以前这种恶作剧信件一般是寄到事务所的,然而那封信直接寄到了我的公寓邮箱里。"

她还有一件格外担忧的事。

"信里写道:'我知道你已经结婚了……'我当时吃了一惊。结婚这件事,连我的经纪人和事务所的社长都不知道,可那封信……"

布子没有对仓林提起过那封信。若被经纪人看到信里那句"你已经结婚了",估计他不会等闲视之。

其后,布子把信带在身上,准备抽时间去找片山。但就在那几天,那封信莫名其妙地消失了。布子本以为是自己不小心把信弄丢的,但仔细回想一下,她当时把那封信塞进了手提包的最里层,弄丢的可能性极小。

"我认为寄出那封信的人说不定就在我身边,可能就是寄信的人偷走的……"

那封信里甚至写道:"或许会因为你而发生流血事件。"

"哗哗哗……"掌声响起。

多田、布子、西等三人都退回舞台的两侧。

片刻后，晴美走过来。

"布子已前往举办招待会的宾馆。"

"是吗？这么说来，眼下应该没什么问题了。"

"招待会上估计有不少人，还是小心为妙。"

"那么她岂不是没时间享受招待会上的美食了？"

石津一脸同情地惋惜道。

"总而言之，我们到观众席那边去吧。"

晴美催促道，四个人匆匆忙忙地向观众席上的四个空位子走过去。

场内已经安静下来，观众席鸦雀无声。幕布升起，银白色幕布出现在观众面前。

试映开始了。

幕布缓缓落下，场内恢复了明亮。之后，掌声自然而然地响起来。

放映结束。

观众席上的众人站起身来，很快，走道上水泄不通。

"现在离场太拥挤了，要不我们等一会儿再走吧？"晴美说道，"布子演得很卖力，是吧？"

"是……完全看不出来是新人。"

"喵——"

福尔摩斯似有同感。

只有石津什么话都没说——他全程都在打瞌睡，是结束时响起的掌声把他惊醒的。

可是……不知为何，无法敞开心扉地赞美这部电影。片山心想。若要问为什么，片山似乎说不出理由。

在这方面，晴美有同感。

"布子给人的感觉似乎楚楚可怜。"

"你有这种感觉？我也这么觉得。"

"是吧？那么悲情的角色，她演得好像自己的真实经历。"

被两个男人的爱撕裂着，最终选择了死亡的女人——如今已经很少见、以大时代为背景的故事，身为新人的布子把影片中的女主角演绎得淋漓尽致。

感觉她好像是在演出自己的故事。

"嗯，真是不错啊。"石津揉着惺忪睡眼说道，"结束了？时间过得真快。"

"我们走吧，会场都空了。"

晴美站起身。

此时，观众席几乎空了，出口附近也不再拥堵。

几个人走在过道上，之前招待他们的石毛启子走过来。

"真是太棒了，我都看哭了。"

启子的眼睛还有些泛红。

"布子确实演得很卖力……你也要去招待会吗？"

"本来我还得在这里收拾一下，但现在他们把我调走了，估计不用再去收拾了。"启子一脸笑容，"我可以和片山先生一起去吗？"

"当然可以。说来……布子的父母呢？"

"电影结束后，宣传组的人去找了他们。估计先去了招待会那边。"

"招待会在哪儿举办？"

"就在这栋楼对面的K宾馆，走过去只要五分钟。"

"我们也出发吧。哥，你怎么了？"

"没什么，福尔摩斯……喂，你在哪儿？"

众人意识到附近不见了福尔摩斯的身影。

"奇怪了……福尔摩斯！"

晴美也叫了一声。这时，福尔摩斯突然现身了，跳上通道尽头处的座位靠背，"喵——"地叫了一声。

"你跑去那里干什么？"

"有位观众睡着了。"启子笑着说道，"确实有这样的人，排队的时候明明满腔热忱，电影一开始就立刻睡着了。我去把他叫醒。"

启子步履匆匆，向那个座位走去。可是福尔摩斯依旧待在原地，看向片山他们。

"喂，"片山说道，"那不是佐野布子丈夫的座位吗？"

"啊？真的？"晴美也迈出了脚步，"看起来似乎是……怎么这位丈夫看自己妻子的电影会睡着啊？"

"不对劲。"

片山向前冲去，赶到了晴美前面。

"他一直不醒。"

启子摇动那人的肩头，露出困惑的表情。

"让一让！……果然！"

片山拉起丸山勇二的手腕，摸了摸脉搏。

"哥……"

"没有脉搏了。"

"可……"

"估计已经晚了。"片山脸色铁青，"叫救护车！"

他冲着启子喊道。

"死了？"

"估计是。石津，你和她一起去，同时联系警方，丸山似乎是被谋杀的。"

"明白。"

石津似乎终于清醒过来了。

"真的？"石毛启子仍一脸梦游般的表情。

石津一把拉上启子，匆匆奔过过道。

"哥……"

"这下麻烦了。"

"和那封恐吓信里写的一样？"

"不……没有流血。"

"喵——"

福尔摩斯钻到丸山的座位下叫了一声。

"怎么了？"片山蹲下，"是纸杯，被捏扁了，正好掉在座位下方。"

"这么说来……是毒杀？"

"有这种可能。"

片山掏出手帕蒙在手上，轻轻捡起纸杯。

"这件事该怎么跟布子说……"

晴美的心情似乎有些沉重。

布子恳请他们出面帮忙，他们却没能起到作用——以为恐吓是冲着布子本人来的，没想到出事的是布子的丈夫。

"招待会那边怎么办？"

晴美问道。

"去。估计凶手就在招待会现场。"

"说的也是。"

"不过……谁来告诉布子眼下这件事呢？"

晴美心里很清楚，能完成这个任务的只有自己。

"哥，你至少要陪在我身边才行。"

晴美叹了口气说道。

4

"别开玩笑了，晴美。"

布子说道。

晴美和哥哥彼此对视了一眼。片山轻轻摇了摇头。

没必要再说一次了。布子心里很清楚，晴美不是会开这种玩笑的人。但站在布子的角度，她肯定忍不住这么说。

"抱歉，没能帮上忙。"

晴美轻轻地把手搭在座椅里布子的肩上。

"他……"布子话说到一半，把目光投向了片山，"很痛苦吗？"

"没有……如果他当时很痛苦，周围的观众应该会有所
察觉。他像是睡着了，表情很平和。"

真的吗？片山从没有经历过死亡，他并不清楚那到底会
是怎样的感觉。

但眼下只能这么说。

临时作为招待会休息室的小房间里一时沉默下来。

布子重重地叹了口气。

"谢谢你，晴美。由你来跟我说，真是太好了。"

"布子……"房门突然被猛地打开，"你在这里啊！"
经纪人仓林气喘吁吁的，"赞助商的社长正在致辞呢，你不
在场算什么啊？"

仓林连珠炮般地说完才发现片山、晴美和布子之间的气
氛有些古怪。

"出什么……事了？"

"是……"

片山的话刚到嘴边，布子就打断了他，站起身来。

"走吧。"

"布子，你不要紧吧？"

"不要紧。仓林，大家还在招待会现场吧？"

"几乎都在。"

"导演和西也在？"

"当然，他俩怎么可能早退？"

"我父母也在？"

"在，但我看他俩似乎有些醉了。"

"好。"

布子点点头，匆匆离开了小房间。

片山和晴美互相看了一眼。

"怎么回事？"

"这就是职业意识？"

"我感觉没这么简单……走。"

片山等人也向会场迈出了脚步。

会场算不上十分宽敞，但上百位来宾还是让整个场合看上去十分热闹。

石津没去吃东西（足以见得事态之严重），和福尔摩斯站在了入口附近。

"怎么样？"

片山小声问石津。

"从纸杯中残留的橙汁里检测出了有毒物质。"石津回答道，"详细的分析报告还要等一段时间。"

"是吗？"

片山点了点头。

"这位是首次担任主演就演技精湛的佐野布子小姐！"

主持人吊着嗓门高叫道。在众人雷鸣般的掌声中，布子走上会场正前方的高台。

为了配合自己的身高，布子把麦克风调低了一些，脸上一派平静。

"今天，各位能来观看我的电影，我感到十分荣幸。"布子静静地说道，"我不觉得自己有什么天赋。我希望自己能拥有与才能相匹配的人生，就像我刚才调整麦克风的高度那样。"

会场里的来宾似乎有些困惑。

"喂，布子，你手上拿着什么？"

片山问道。

"酒杯……果汁吗？"

不知从什么时候起，布子左手端了个装有橙汁的酒杯。

"是什么时候……"

晴美喃喃道。

"福尔摩斯呢？"

"啊？不见了……上哪儿去了？"

片山的目光捕捉到了福尔摩斯在人影缝隙里闪现的毛色。

"在那儿。"

片山拨开人群追赶福尔摩斯。福尔摩斯似乎正走向布子所在的高台。

"我要宣布一件事，希望大家能为我举杯庆祝。"布子接着说道，"我决定结婚了。"

整个会场立刻炸开了锅。

布子提高嗓门："我丈夫叫丸山勇二，是极为普通的上班族，但对我来说，他是这个世界上最重要的人。"

所有人都停止进餐或闲聊，抬眼看向布子。

"或许大家会觉得，我刚刚成为明星，不必急于结婚。但正是因为这样，我才觉得应该珍惜自己作为普通女人的身份——无论戏里戏外，我都希望始终保持作为普通女人的身份。请愿意祝福我婚姻的诸位一起干了手里这一杯。"

掌声零零落落地响起，宾客们纷纷举起酒杯。

"不行！"不知是谁吼道，"我不同意！"

是佐野健夫。他大概喝醉了，本想推开人群走向布子，却向后一个趔趄。

"谢谢大家。"布子根本不理会继父，自顾自地举起酒杯说道，"干杯！"

橙汁！丸山的纸杯里装的也是……

"别喝！"片山高声叫的同时，布子已经把杯中果汁一饮而尽。

"喵——"

福尔摩斯也高叫起来。

酒杯从布子的手中滑落，在地上摔得粉碎。布子捂着胸口，不住地喘息，随后直挺挺地倒在了台上。

片山立刻冲上去。

"石津！快！"

石津推开宾客，冲上台抱起布子。

"快把她送去医院！"片山高声叫道，伸手拽过麦克风，"我是警察！会场里的所有人都不许走！获得许可之前，都不许离开！"

片山嘶吼道。

在场的所有人都不知所措。听了片山的警告，没人敢发出声音。

"你说什么？"

仓林问道。

"啊？"

西和彦也惊诧得合不上嘴。

"一派胡言！"

佐野健夫涨红了脸。

"这些话都是真的？"

导演多田问道。

片山的眼神从众人的脸上一一扫过。

"是真的，布子小姐已经和叫丸山勇二的男性成婚。"

片山说道。

"那孩子……也不跟我们说一声。"

佐野房江——布子的母亲——喃喃道。

一场混乱过后，此刻的会场中只剩下寥寥数人。

"留下来的诸位都在某些方面和布子小姐有所关联，也都深爱着布子小姐。"片山说道，"但布子小姐已经遇害，随她的丈夫而去……无论怎么看，凶手都一定在诸位之中。只有这一种可能。"

"你为什么这么认为？"

多田问道。

会场的角落里摆着一排椅子，四名男子和一名女子坐在椅子上，一脸无措。

"此前，布子小姐虽然知道丈夫已被杀，但她并不知道凶手是在橙汁里下毒。她穿过会场向台上走去时，有人对她说'拿上这个'，把装有橙汁的酒杯递给了她。"

"又是橙汁……"多田点点头，"的确，从这一点来看，确实应该是同一名嫌疑人。"

"从恐吓信来看，应该是有人得知她已婚的事实并查明了丸山的情况，然后杀了他！连布子小姐也不放过。"

"为什么连她也杀掉？"仓林说道，"凶手难道不是因为喜欢布子才把那个叫丸山的男人杀掉吗？"

"若要永远占有布子小姐，就只能把她杀掉——有的人会这么想。"

"这……不是恐怖片吧？"

仓林身旁的西开了口。

"关于这起案件，我觉得要找出凶手并不是难事。"

片山又说道。

"既然如此，就尽快把凶手揪出来！"

佐野一脸不快地催促道。

"老实说，下毒这种手段一点儿都不高明。"片山梳理着思路，"只要查明有毒物质的种类，顺藤摸瓜，很容易查明凶手到底是谁。不管怎么说，已经确认凶手就在诸位之中。"

"不是我。"西连忙说道，"不是我啊！我说，你明白吧？我是明星，明星是不会动手杀人的。"

"那可未必。你也爱着布子小姐吧？"

"这倒是……不过，我怎么会……我怎么会杀人？是吧，导演？"

西一脸皮笑肉不笑。

"你真的会爱上谁吗？滚出去，你没资格坐在这里。"

多田冷冷地看了西一眼，嘲讽道。

西忽地板起脸，但又抬眼看了看片山，问道："我可以走了吗？"

"请便。"

"片山……"

片山抬手制止了石津。

"那我先走一步！"

西立刻起身向门口冲去。

"这是可以的吗？"

石津一脸不服。

"反正他不能不露面，况且在试映会上，他是无法递果汁给丸山的，毕竟他的一举一动都会受到关注。"片山说道，"关于这一点，多田先生，你在登台致辞前一直和其他人在一起吧？"

"不，不能这么说。"多田沉默片刻，随后摘下叼在嘴里的烟斗，"我和西不一样，即便有人看到我，可能也不认识我。实际上，在等待开场的时段里，我一直在大厅里来回转悠。我应该是有机会把有毒果汁递给丸山的。"

"是你干的吗？"

片山看了看多田，问道。

"这就说不清了。应该由你来调查吧？"

多田语气平和。

"是吗？仓林先生，你也曾向布子求婚吧？"

"嗯……"

仓林点点头。

"什么？"佐野站起身，"你不是经纪人吗？居然打我女儿的算盘？"

"老公……"房江连忙制止他，"别说了，坐下吧。"

"你这个废物！你不是整天待在布子身边吗？"

佐野坐下了，嘴里却不依不饶。

"刑警先生，"仓林说道，"我……确实很喜欢布子，她和其他明星不一样……"

"身为经纪人，你应该是最先得知布子小姐结婚消息的。往她的邮箱里塞恐吓信，后来又把恐吓信偷走，那个人难道不是你？"

仓林的脸色变得铁青，但还是承认了："没错。我一直在观察她，要是她身边有男人，我一眼就能看出来。关于丸山，刚开始我也有些震惊，才会写那封恐吓信……可事情过去之后，我又觉得丢人，因为那只会让布子感到痛苦，其实根本无济于事。后来我悄悄地把那封信拿回来了……"

"你这家伙！"佐野再次发火，"是你下手杀了她吧？"

"不是的，不是我干的。我也没有下手杀害丸山……当时我根本没时间。"

仓林回了一句，但声音有气无力。

"谁知道呢！"佐野哼了一声，"我早就看出她身上的才华了……那孩子自出生起就有着成为明星的才华。"

"老公……"

房江神情尴尬地看了看丈夫。

"刑警先生，"多田开口道，"请逮捕我吧。"

片山有些疑惑。

"这话是什么意思？"

"是我打算杀害了丸山，再杀害布子的。"

"导演！"仓林哑然，"你说的是真的吗？"

"我对布子的爱就是这么深。"多田说道，"在我们这些人之中，我对布子的爱是最深的。所以我是凶手。"

沉默。

大家都没动。

"片山……"

石津开了口。

"等等，"仓林站起身，"是我干的。"

"你……"多田吃了一惊，"刚才不是说不是你干的？"

"刚才我确实这么说过，但还是我干的。"

仓林的话前后矛盾。

"布子也是你……"

"不……布子不是我杀的，但丸山确实是我……"

"你？你配吗？"佐野咬牙切齿地说道，"布子已经死了！没有任何人比我更爱她！"

"老公……"

"喂，你是叫中山吧，刑警？是我杀了布子和她丈夫。"

"你知道自己在说什么吗？"

"我当然知道。我……我很爱布子，那家伙对我……"佐野的脸色一会儿青一会儿白，重重地舒了口气，"是真的……我对那孩子……我是把她当作女人来喜欢的。"

没有任何人说话。

半晌，佐野的妻子房江缓缓地站起身。

"老公……这种事，你怎么能当着众人……"

"当着谁我也要说，本来就是真的。"

"啊……"房江步履蹒跚地向出口走去。她突然停下脚步，转过头。

"刑警先生，"她说道，"是我干的，是我让丸山喝了那杯有毒的果汁。"

片山点点头。

"如果是从完全陌生的人手里接过果汁，估计丸山是不会喝的。但如果是布子的父母，情况就不一样了……所以我觉得应该是你们两位之一。"

"我……我当时跟丸山打了个招呼。我事前调查过，知道布子已婚。我甚至怀疑她是跟我丈夫……所以我调查了一下。"房江说道，"但是……我早就知道我丈夫爱上了那孩子，所以想办法让我丈夫得知她已经结婚了。但我丈夫不死心。如果丸山被杀，估计布子会觉得是我丈夫干的。因为布子实在没办法下手，所以我替她……"

众人哑然无语，呆呆地看向出口处。

"布子！"多田说道，"你还活着？"

布子缓缓走进屋。

"妈……你怎么能做出这种事？"布子说道，"我一直都在反抗继父。"

"布子……我心里很不安啊。我总觉得，迟早有一天你会把他从我手里夺走。"

房江蹲下身子。

石津轻轻扶起房江，把她带出去。

"可……这是怎么回事？"

仓林呆愣愣地问道。

"多亏了那只小猫，"布子看了一眼福尔摩斯，说道，"得知丸山的死讯，走进会场的时候，有人在入口处递给我一杯饮品。当时我并不想喝，但就在那时……"

说着，布子蹲下身摸了摸福尔摩斯的头，

"这只猫叫了一声。我当时感觉像是人在说话，立刻明白了它的意思。"

"它在说，让你假装死去？"

"对。我要让众人都以为我死了，这样一来，杀死丸山的凶手就会觉得自己做的事都白费了，毫无意义了。所以我当时想，不如干脆试试——表演一场绝不让任何人看出破绽的死亡。"

多田叹了口气。

"你当时倒下去的模样完全不像在演戏。"

"我的脑袋确实摔得很痛，不过最终还是成功了。"

"的确。"多田点点头，"布子……"

"我无法原谅母亲。"布子说道，"或许有一天我会原谅她。但是，佐野……"

"布子，我……"

"我绝不会原谅你，是你把我母亲逼上绝路的。"布子语气决绝地说道，随后转过头，"仓林……"

"嗯……"

"我结婚的事，还有我丈夫的过世，关于这些，我有很多话要说。"

"好，我去安排记者见面会。"

"嗯，这部电影不止属于我。公映前，我要让所有人知悉事情的真相。"

此刻，布子眼里的光，不知是因为泪水，还是出于演员的信念。

片山完全分不清了。

"加油。"片山说道。

"喵——"

福尔摩斯鼓励似的叫了一声。

幽灵船

1

"你把我忘了吗？"

她微笑着问道。

怎么可能忘记？绝不可能忘记。

不是吗？自己下手杀掉的女人，怎么会轻易忘记？

吉泽正男当然记得青木惠里。

初秋的夜晚，金风送爽。

白天依旧炎热难当，日落之后就完全是一派秋日印象了。可即便到了夜里，这里依旧明亮如白昼。

年轻人为了珍惜最后一抹夏日，把游乐场挤得满满当当。当然，相较于白天的拥挤程度，眼下这种已经不算什么了。小学生、初中生都离开了，此刻游乐场里游客的平均年龄拉升了不少。

太阳下山后来到游乐场的大多是上班族情侣。尽管年轻人的比例更高一些，但也不乏中年男子搭配年轻女性等疑似幽会的游客。

"我说，我想去坐幽灵船！"

志村直美吵闹着。

"幽灵船？那种恐怖的游戏，我可受不了。"吉泽正男故作夸张地皱起了眉头，"说不定会晕过去呢。"

"好啊，那样我就丢下你自己走了。"

直美故意装傻。

"你这家伙，真够冷漠的！"

吉泽笑着说。

"我说，还有时间吧？"

"嗯，我们刚进场一个小时。"

吉泽看了看手表。

"去吃点儿什么吧，我饿了。"

"我已经预约了离开游乐场之后的餐厅。"

"可我现在饿了嘛。"直美嘟起嘴说道，"饿了就会那样，是吧？是什么来着？就没法那样了吧？"

"知道了。"吉泽搂住直美的肩头，"那就稍微吃点儿垫垫肚子，行了吧？"

"嗯。"

　　两人转身走向汉堡店。

　　店里的霓虹灯装饰得十分华丽，几乎每张桌子旁都坐着打算"稍微吃点儿"的年轻人。

　　吉泽终于找到了一张空桌子。

　　"你坐在这儿，我去买。普通套餐就行了吧？"

　　他问直美。

　　"奶酪汉堡，加杯可乐。"

　　"可乐？好。"

　　吉泽大步流星地从桌子之间穿过，站到了柜台前队列的末尾。这类餐馆的点餐处理都很高效，想来应该等不了多久就会轮到自己。

　　吉泽正男穿西装打领带，志村直美则身着鲜亮的连衣裙，一眼就能看出两个人是在"下班回家的路上"。

　　两人任职于同一家公司，吉泽二十八岁，直美二十五岁。不管是他们本人还是同事，都认定"是一对恋人"。

　　到这座游乐场来，既是接下来两人共进晚餐的前戏，也为之后去宾馆开房做铺垫。几个月来，两人基本上是以这种模式在周末约会。

　　尽管吉泽还没有正式求婚，但公司里的同事都以为，吉泽应该会和志村直美结婚。

吉泽身形匀称，腿很长，看起来好像运动员。他和直美身高相差二十厘米，直美娇小玲珑，身材也很匀称。

两人在公司里都是引人瞩目的焦点人物。

"我的肚子都咕咕叫了。"

直美独自坐在桌旁喃喃道。

"喵——"

怎么听都像是猫叫。

猫？这种地方怎么会有猫？

直美低头看了看脚边，发现一只毛色光滑的三色猫正抬头看向自己。

"啊，真可爱。你从哪儿来？像是从动漫里蹦出来的。"

直美冲那只猫微笑。

"福尔摩斯！你跑这里来了？"

一名年轻女子走过来。

"是你的猫？"

直美问道。

"对。"女子在三色猫身旁蹲下身，"你要是迷路了，我可不管哦。"

"喵——"

"什么？别小看你？也是，迷路的反而是我哥他们呢。"

"喵——"

直美听了笑起来。

"有意思，感觉你们像是在交谈。"

"正是。"女子说道，"好了，我们去找个座位吧。石津估计快饿得半死了。"

直美扭头看了看周围，

"要是不嫌弃，就和我们拼桌吧？座位够不够？我这边只有我和一个同伴。"

圆桌旁摆放着五把椅子。

"可是……不会打扰你们吗？"

"不会，只是一起吃个汉堡而已。"

"那就恭敬不如从命了……啊，来了，哥！这边！"

那是一个溜肩膀的颀长男子和一个体形壮硕的男子。两人和吉泽一样，都是一身西装。

"晴美！你没饿死吧？"

"我又不是你。这边，人家说可以和我们拼桌。"

"啊，这真是不好意思。片山，赶紧去买。"

"最想吃的人不是你吗？我们俩一起去吧。晴美，你想吃什么？"

"我要普通汉堡，加杯咖啡。"

"我要巨无霸汉堡。"

"不用你说，我也能猜到。"名叫片山、奋拉着肩膀的男子拍了拍另一人的肩头催促道，"好了，走吧。"

两名男子向柜台走去。

"我叫片山晴美。刚才那俩是我哥和我男朋友石津。"

"看起来挺可靠。"

"还行吧。你也是和男朋友来的？"

"是的。我叫志村直美，我男朋友叫吉泽……啊，他刚刚去柜台那边排队了……就是排在那个女人后边的高个儿。"

直美稍稍挺起背说道。

"奶酪汉堡，加杯可乐。"

前边的女人点了单。

和直美一样啊。吉泽一边排队等着轮到自己一边想道。

"七百日元。"

柜台后，一身亮丽制服的女孩说道。

"后边那个人会帮我一起付。"

背对着吉泽的女人说道。

后边那个人？喂，开什么玩笑？

"那个，我是后边那个人。但我为什么……"

"你把我忘了吗？"

这时，女人转过头，微笑着问道。

"干什么嘛，好慢啊。"

看到吉泽往回走过来，直美抱怨道。

"抱歉，收银员把找零算错了。"

吉泽把放有汉堡和饮料的托盘端到桌上。

"哎！我不是跟你说了我要可乐吗？"

看到托盘上的两杯咖啡，直美问道。

"可乐？是吗？是我听错了？咖啡也行吧？"

"倒也没太大关系……"

"吃吧。再过一会儿就没时间了。"

吉泽一把拉过椅子坐下来，

"这位是……"

这时他才留意到晴美。

晴美发现这个叫吉泽的人似乎有些慌张。

他的脸色看起来有些苍白，举手投足都有些失措。

直美动手吃起汉堡，她也觉察到吉泽有些不对劲儿。

"怎么了，脸色这么难看？你不会是喝咖啡喝醉了吧？"

直美笑道。

"怎么可能？没什么。"

吉泽笑了笑，笑容却很勉强。

"是吗？可是你怎么一脸见鬼的样子？"

听了直美的话，吉泽吓得把手里的咖啡打翻了。

"啊……失礼了！对不起！"

咖啡洒向晴美。吉泽赶忙道歉，抓起了纸巾。

"没事，没洒到我身上。"

晴美立刻站起身。

"可是……啊，真对不起。"

吉泽连连道歉。

"怎么了？你没事吧？"直美一脸困惑，"你满手都是咖啡。"

"嗯……没什么。我去洗一下。"

说着，吉泽步履匆匆地向厕所走去。

"久等啦！"石津一边得意扬扬地叫嚷着，一边把托盘摆到了桌上。

"这么多？"

"多吗？只是……片山一个，晴美一个，我三个，还有福尔摩斯……"

"别说了，赶紧吃吧。"

片山催道。

接下来，三个人再没有多说什么，默默地吃起来。

没一会儿，吉泽回来了。他冲片山等人打了个招呼，之后匆匆吃完自己的餐点，站起身。

"好了，走吧。"

"你好了？等我一下。"

直美赶忙把剩下的汉堡塞进嘴里，然后冲晴美说了声"再见"站起身。

"慌里慌张的……"

片山说道。

"有点儿奇怪。"

"怎么奇怪了？"

"那个叫吉泽的男人似乎真的很害怕。"

"害怕？嗯，确实脸色铁青。"

"是吧？感觉根本不像是在享受约会。"

"别说了，你的意思是会发生什么事不成？"

"这可说不清……听到'鬼'这个字，他差点儿跳起来。"

"他似乎挺怕鬼怪。"石津直接地发表了自己的意见，"好了，第二个。"

"他有喜欢的人吧？"片山说道，"喂，我们回去吧？"

"这就回去了？我们才到呀。"晴美说道，"是吧，福尔摩斯？"

"喵——"

"好吧。那么，接下来怎么办？"

"总而言之，回去之前一定要坐一回幽灵船。"

"幽灵船啊……看样子，我们这里倒是有一个喜欢幽灵的家伙。"

"真没礼貌。是乘船环绕鬼屋之类的项目。哥，你要是害怕，我不勉强你。"

"净瞎说，不就是吓唬小孩子的项目吗？"

片山还嘴道。

"别逞强。"晴美笑道，"看样子，刚才那两人应该不会去坐。"

2

"我其实挺喜欢这些恐怖的项目。"直美说道，"这种游乐场里的并不会特别恐怖。不过，要是实在害怕，说不定我会抱住你哦，可以吗？"直美拽住了吉泽的胳臂，"我说！你有没有听我说话？"

"啊？"吉泽一愣，"嗯，我在听。"

"你怎么了？魂不守舍的。"

直美一脸不满。

"没什么。"

"骗人。从刚才起，你就不大对劲。"

"没那回事。"

尽管脸上笑着，笑容却有些僵硬。

两人排队站在幽灵船的乘坐口前方。稍稍往前一点儿就是出口，已经下船的男女手牵手走了出来。

只等了十五分钟左右，两人就来到了乘坐口。换作拥挤时段，哪怕等上一小时也不是什么稀罕事。

"这回能坐到船头去了吧？"直美说道，"坐在船尾可没什么意思。"

每艘船都很小，仅能容纳四人乘坐。船上仅在首尾安置了两张双人座。

"下一位。"穿制服的男子用稍显疲累的声音招呼道，"请出示票证。"

吉泽买的是两张通票。这时他掏出票来给对方检查。

"请两位坐到前边。"

"好了，上船吧。"

直美兴致很高，立刻坐到了小船上。

小船大体上设计成以前的海盗船式样。

"好啊。挺晃的嘛。"

吉泽也上船来到直美身旁。

"毕竟是漂在水面上的。"工作人员解释道，"后边的两位请坐到船尾。"

他冲排在后边的年轻人说道。

"我们四个是一起来的，还是坐同一艘船比较好。"

女孩回应道。

"是吗？那么请后边的游客上前来，你们可以先上船。"

然而后边的游客也是四人结伴而来的。

"我是一个人。"队伍更后方的一个女人"嗖"地窜过来，"我可以先上船吗？"

"请坐到船尾。"

工作人员招了招手。

"不行！"吉泽突然站起身吼道，"喂，快开船！"

"我说！你干什么？"直美拽住了吉泽的胳臂，"船会晃的，你站起来会晃的！"

"我们俩单独开船！我不想和不认识的人同船！"

吉泽大声嚷道。

"客人，您这样，我们很难办。"工作人员皱起眉头，"下一艘船马上就要过来了，要是这边延误就麻烦了。"

"就是嘛，你让人家上船又能怎样！"

直美劝道。

吉泽一脸不情愿地坐回船上。

"那就打扰了。"

说着，女人上了船，坐到吉泽他们身后的座位上。

"喂，"片山提醒道，"是刚才那两人。"

"好像是。"

晴美点点头。

"在这种场所吵吵嚷嚷，会令公众很困扰。要我过去把他抓起来吗？"

"不至于，可确实有点儿不对劲。"

晴美看了看队伍的前方。

载着吉泽正男和志村直美的小船开动了，消失在漆黑的隧道里。

船上，后排座位出现了另一个女人的背影，同样消失在黑暗中。

"刚才他们在吵嚷什么？"

"都听到了？"

"那个叫吉泽的男人似乎是认真的。"

"嗯……说的也是，他的反应确实过头了。"

片山点点头。

"喵——"

福尔摩斯似乎也有些担心。

话说回来，为什么警视厅搜查一科的刑警跑到游乐场来呢？其实没什么奇怪的，只因晴美从工作场所弄到了这家游乐场的两张招待券。"反正是免费的。"几个人达成一致，就一起来玩儿了。

"我是很忙的。"

尽管片山不大乐意，但最终也跟来了。

至于石津跟来的理由，自然是"只要和晴美在一起，去哪儿都行"。他只要能跟着晴美，去哪儿无所谓。

"要是被科长看到了，真不知他会怎么调侃我。"

片山说道。

"怕什么？就说你是护送福尔摩斯来的不就行了！"

晴美不是刑警，因此全无心理顾虑。

"啊，差不多快到了。"

石津似乎颇有些兴奋地期待着。

队伍不断向前，终于轮到片山他们了。

"喂，有个问题。"

片山说道。

"什么？"

"我们四个怎么坐？"

晴美似乎没想过这一点。但不管怎样，上了船，就要想办法保持船体的平衡。

"石津和福尔摩斯坐在后排，至少比船体往前倾要好。"

晴美得出了结论。

的确，如果片山和晴美坐在前排，石津和福尔摩斯坐在后排，船体确实会有些失衡，但似乎很难找到比这能更平衡的组合方式了。

"开船了哦。"

或许是有些疲累的缘故，工作人员的声音听起来不是很有精神，小船"咣"地摇晃一下，便开动了。

小船并没有马达，是靠水下缆绳之类的东西拉动的。

很快，小船驶进一片漆黑的隧道。周围什么都看不到了。

气氛阴森森的，让人感觉心里一阵冒寒气。小船一边轻轻地左右晃动，一边向前开去。"哗啦——哗啦——"周围只剩下小船在水面激起的波浪声。

"什么都没有？"

片山话音刚落，眼前就出现了一条张着血盆大口的鲨鱼。

"哇！"

片山吓得不禁抱住了脑袋。

"振作点儿，这才开始。"

晴美皱起了眉头。

"话说回来，为什么把鲨鱼弄成鬼怪？简直莫名其妙！"

"你干吗这么较真？"

兄妹俩正在拌嘴，小船滑入了被苍白火焰覆盖着的"死者池塘"。

突然从水下伸出许多只手，有的抓住了小船的边缘，有的在水面上不停地扑腾。

"好冷！不怕感冒吗？"

片山抱怨道。

"嘘！你是在逗鬼怪发笑吗？这么多话。"

"你就算瞎聊，鬼都会笑。"

小船静静地向下一处场景开去。

一路上的风景，要么是水面上漂着"溺水者"之地，要么是中世纪水刑场景重现。

片山稍稍适应了之后，开始觉得这些场景设计得不错。

"一会儿就结束了。你没事吧？"

晴美问道。

"嗯，挺有意思的。"

片山还在逞强。

"石津，你觉得怎么样？可怕吗？"

晴美问了一声。

"不，一点儿都不可怕。"

石津回应道。

"是吗？"

晴美扭头一看，只见石津紧闭着眼睛不肯睁开。

"刑场沼泽"四个字泛着苍白的光，出现在小船前方。

钻过低矮的小门，小船开进了一个天花板很高的宽敞房间，水路两边陈列着绞刑台之类的布景，给人宛如此刻正在执行死刑的感觉。

"啊，太逼真了吧？"片山皱起眉头，"我可受不了。"

"哎，都是假的。"晴美耸耸肩，"不过确实很逼真。"

一棵粗壮大树（自然也是布景）的枝头吊挂着一具来回晃动的"男尸"，脖颈上缠卷的绳索随着晃动发出"吱——吱——"的声响。

"可是……"晴美说道，"为什么这个假人穿西装？"

"呀——"

尖叫声响起。

"怎么了？"

片山扭头一看。

"哥，你快看！"晴美用手一指。

"救命……"声音很微弱。

这时，从绞刑台后方晃晃悠悠地走出来一个浑身湿淋淋的女子。

"这些假人做得还真够逼真的。"石津似乎来了兴致，"跟活人一样呢。"

"那个人……就是刚才我们在汉堡店里遇到的那个人。"晴美说道，"那……"

片山骤然意识到了不对劲，连忙再次看了看吊挂在树枝上的那名西装男子。

"是刚才那个人。"

"是啊……不得了！石津！快把船停下来！"

石津连忙站起身："怎么停？"

"你找机会往离船不远的岸边跳过去，赶紧按警铃。"

"是！"

下达命令的人和执行命令的人似乎都没怎么过脑子。

"呀！"石津一脚踩上船舷，向对岸纵身一跃……

小船并没有被锚定住，这么一来，整艘船就会向反方向倾斜，而石津也只跳到他事先预想的一半远。

"啊——"晴美叫起来。

"扑通"一声，石津的身体在水面上激起一大片水花。

"石津！你没事吧？"

"没什么！"

石津回答道，但事实上不能说是"没什么"。总之，石津算是爬上了岸。

他向写有"紧急"字样的标记奔去，伸手按下按钮。

警铃响起，小船停了下来。

"那个人……是吉泽……"

志村直美拽住石津的胳臂，带着哭腔说道。

"快去救人！"

石津很快爬上了布景的假树，试图把树枝上不断晃动的吉泽放下来。

树枝似乎并不像看起来那般结实，石津的体重刚压上去，整棵假树就发出了声响，从根基处折断。

"哇！"

石津大叫着和树枝一起掉下来。

片山兄妹设法把小船停靠到岸边，上了岸。

"石津！你没事吧！"

直美冲过去。

"没什么大碍……"尽管石津硬撑着点了点头，"好痛……"终于忍不住按着腰呻吟了一句。

"好痛……"

又一个人呻吟出声。

"喂，"片山说道，"他还活着！"

先前被吊挂在树上的吉泽一边呻吟着一边撑起了身子。

"吉泽！"直美叫道，"你振作点儿！救护车快来了。"

"救护车？"吉泽一脸茫然，眨着眼问道，"怎么了？"

"你看！"片山拿起刚才缠住树枝和吉泽的绳索，"你刚才被吊在树上了，这根绳子就缠在你胸口，你的西装遮住了绳索。另一根短绳勒住了你的脖颈。这样一来，你看起来就像脖子被勒住，吊挂在树枝上。"

"我……被吊挂在树枝上？"吉泽伸手摸了摸自己的脖子，"哇！"

他突然跳起来。

"你冷静点儿！"片山把手搭到吉泽的肩上，"工作人员听到刚才的警铃，估计很快会赶来。总而言之，我们还是先离开这里，再慢慢聊。"

"慢慢聊？聊什么……"

"我是警察。"

片山出示了证件。

吉泽和志村直美说不出话来。

"出什么事了？"

乘船处的工作人员不知穿过了什么特别通道，从绞刑台布景后方出现了。

"是那个女人！"吉泽忍不住叫道，"就是她！刚才我就说不想和她同船……"

"你指的是和你们同船的那个女人？"片山问道，"她去哪儿了？她还在船上？"

"不清楚……不过，这不可能。"

吉泽自言自语道。

"什么意思？"

"没什么……因为那个女人……已经死了。她不可能还活着……"

听了吉泽这句话，在场的所有人都交换了一下眼神。

只有福尔摩斯独自坐在岸边，盯着因小船摇晃而不停晃动着的黑暗水面。

3

　　"冒昧打搅一下。"

　　片山开口招呼道。

　　女人停下手上的工作回过头。

　　"你有什么事……"

　　"请问是青木女士吧？"

　　"对。"

　　"青木久仁子女士？"

　　"是我……"

　　"我是警察。"

　　青木久仁子不解地看了看片山。

　　"我犯了什么事？"

　　"不，不是的。我是想来了解一下有关您女儿的事。"

　　青木久仁子的表情有些僵硬。

　　"请问吧。"她说道，"这里没有适合坐的地方。我稍微收拾一下，请稍等。"

　　"不必了，站着也行。"

　　"反正我也正准备歇一会儿。"

　　青木久仁子尽管看起来快五十岁了，体形却依旧壮实。

片山刚才在一旁看着她动手把一块与人等高的大理石刻削成人形。

"请到这边来。"

宽敞的工作室深处有一个光线充足的小房间。

"在您创作的时候来打扰，真是抱歉。"

片山在造型可爱的沙发上落座后致歉道。

"没什么，不是要赶着完成的工作。"

运动服配T恤。毫无疑问，挂在她脖子上的毛巾已经吸足了汗水。

作为女性雕塑家，青木久仁子在业内几乎可以说是无人不知、无人不晓。

"你提起我女儿？什么意思？"

青木久仁子问道。

"您女儿叫惠里，是吧？"

"是的，她过世三年了。"

"当时惠里小姐是自杀？"

"没错。她开车从悬崖上冲下去……虽然后来车子从海里打捞上来了，她的尸体却没捞着。"

"后来警方展开了搜查，但最终还是没能找到，是吧？"

"说是海流过于强劲，估计是被冲走了。"

青木久仁子淡淡地讲述着。片山点了点头。

"您有没有想过女儿可能还活着？"

青木久仁子盘起腿。

"身为父母，就算自己孩子的尸体躺在眼前，心里也会想，可能其实这只是一个和自己孩子长得很像的人罢了。说起来，惠里的尸体最终也没能找到，"她微笑了一下，"但是，她要是还活着，不可能三年来没有半点儿音讯。"

"这话有道理。"

"好了……你到底有什么事，刑警先生？"

"您知道吉泽正男这个人吗？"

听到这个名字，表情从青木久仁子的脸上消失了。

"我再也不想听到这个名字。"

"您女儿之所以自杀，根源都在于他，是吧？"

"对。我女儿被骗了，被玩弄了，随后被抛弃了……这件事也怪我，我从来没教过她如何与男人相处……"青木久仁子看了看片山，"你知道吗？我是未婚生下惠里的。"

"听说过。"

"我觉得惠里似乎很厌恶我的这份自信。或许正因为如此，她才会让吉泽那种男人得手。"

"原来如此。"

"话说回来，你为什么要问我这些有关吉泽和惠里的事？"

青木久仁子纳闷地问道。

"前不久，吉泽正男差点儿被杀。"

"是吗？"雕刻家并没有表现得过于吃惊，"估计他又去欺骗女性了吧。"

"但最后他得救了。他还看到了对方的模样。"片山说道，"他说，下手的是惠里小姐。"

青木久仁子一脸愕然，像变成了雕像，一动不动……

"志村。"

被人拍了拍肩膀，直美抬起头。

"啊，部长。"

"一个人吃午饭？不觉得寂寞吗？"

说着，井上在直美身旁坐下来。

"我觉得一个人吃饭挺轻松的。"

直美说道，刻意避开井上的目光。

此刻，午饭高峰时段已经过去，周围空了不少座位。估计井上是看到了直美才进来的。

"我都听说了。"井上依然一副自大的口吻，"男人啊，都会有各种各样的过去。没有什么经历的男人根本一点儿意思都没有。"

"就算有也没什么意思。"直美冷冷地回了一句，"您找我有什么事？"

"没什么……只是见你似乎有点儿消沉，想过来给你鼓鼓劲儿。"

"谢谢您的关心。我并没有特别消沉。"

实际上，直美根本不止"消沉"这么简单。

先前发生的那场骚乱不可能不见报。况且吉泽在排队的时候吵嚷了一阵子，当时所有人都听到了，因此大家都知道了事情的来龙去脉。

《幽灵的复仇？》

《被出卖的女子的执念！》

《老天对花花公子的惩罚！》

……

各种各样的标题充斥了报纸和杂志，电视台也找上门来。

虽然直美根本不关心，但吉泽的那段旧恋情被各家媒体们拿来不断地问她。

看了电视报道，直美才知道有这样一个名叫青木惠里的女孩。不知是从哪儿找来的，电视上甚至公开了她的照片。因为那张照片实在太旧了，所以直美不清楚照片里的人是不是当时和他们同船的女子。可是既然吉泽本人一口咬定"就是她",想来应该错不了。

这样一来,吉泽饱受谴责,直美的立场也变得微妙了。直美的父母甚至要求她"干脆把婚约取消"……在父母看来,这样做是保全自己的女儿。

可直美还是相信着吉泽。不,准确地说,是希望自己能够相信他。

眼下,吉泽请假,没来上班。在公司里,他已经成了笑料,成了花边新闻的男主角。虽然直美的心情挺沉重,但如果她也向公司请假,似乎不大妥当,于是回公司上班了。

但她没心思和其他人一起吃午饭,独自一人就餐。

"好了,你不必逞强。"

井上突然把肥厚的手掌搭在直美的手上。

"请您别这样。"直美一下子脸红了,"请把手拿开。"

"放心,我会帮你的。怎么样?和我交往吧?"

事实上,井上以前确实对直美挺好。直美没想到他竟会如此厚颜无耻……恨不得使劲儿踹他一脚。

但不管怎么说,对方都是自己的顶头上司。

这时候,"喵——"的一声,传来了猫叫。

猫?莫非……

"怎么？"

看到突然出现在桌上的三色猫，井上的眼神就像在看魔术表演："是不是来找吃的？别碍事！到一边儿去。"

井上本想用手把猫挡开，没想到猫伸出了爪子，麻利地在他手上抓了一把，

"好痛！"井上跳起来，"这家伙……"

"抱歉了。"循声走来的人说道，"福尔摩斯，干得好。是色狼吗？"

"喵——"

"你干什么？"井上板着脸，"随便诬蔑别人……"

"啊，是那位刑警的妹妹。"

听了直美的话，井上一愣，随后扫兴地走开了。

"谢谢。"

直美向片山晴美道谢。

"别客气。"晴美在她身旁坐下来，"方便一起吗？"

"当然可以！这只猫叫福尔摩斯？谢谢。那个部长不是个好东西。"

"喵——"

"它在说，它一眼就看出来了。"

直美笑了笑。

"我好久没笑了。上次的事件过后，我一直有些消沉。"

"这也难怪……啊，请给我一份午餐。"晴美点了单，"吉泽呢？"

"他一直请假没上班，估计是觉得没脸出来吧。"直美耸耸肩，"都过去这么久了，而且这种事未必是单方面的责任……虽然在我看来，是该怪他多一些。"

"还记得当时跟你们同船的那个女人吗？"

"不记得了……当时乘船口的光线挺昏暗的，她又坐在我们身后。"

"想起你们抵达'刑场沼泽'时发生的事了？"

直美一边吃午餐一边回答道：

"这个……毕竟当时挺突然的，小船一下子晃动起来，我站起身回过头想看看到底是怎么回事。结果船晃得更厉害了，我整个人倒栽跌进水里。其实那条水路的水挺浅的，我的头撞到水底就晕过去了……差点儿没把我呛死。"

"等你回过神来，已经爬上岸了？"

"没错，吉泽也被吊在那棵树上了。当时虽然有其他小船经过，却没人看出来那其实是真人。"直美叹了口气，"如果……真是惠里的鬼魂干的，她为什么没把吉泽杀掉？"

"是啊，只能找她本人来问问了。"

这时，晴美点的午餐送来了，她边吃边问："接下来我准备去见见吉泽，你想一起去吗？"

直美犹豫了一下。

"可是……我还有工作。"

但转念一想，她斩钉截铁地点了点头："我也去！"

"是哪位？"

没人回应。过了好一阵子，屋里终于传出勉强能听到的应门声。

"吉泽，是我，直美。"

直美冲着呼叫机说道。

"啊……进来吧。"

吉泽的公寓看起来似乎不错。

虽然算不上豪华，但至少在安保方面挺完备。

两人乘电梯来到三楼。

敲响房门后，屋里传出"咚咚"的脚步声。

"谁……谁和你一起来的？"

吉泽的说话声传至门外。

"是片山小姐，那位刑警的妹妹。"

"哦……"房门终于打开了，"来得正好。"

"我只是想过来看看你现在怎么样了。"直美说道，"我可以进屋吗？"

"当然。我还以为你不想理我了。"

室内光线昏暗，房间里拉上了窗帘。

"你为什么把窗帘拉上？"

"会有人来偷窥。电视台的人也好，摄像师也好……千万不能有半点儿漏洞。"

"怎么可能……没事啦。电视台不可能整天围着你一个人转。"

直美走到窗边，把手搭到窗帘上。

"别！"吉泽高声叫嚷，"别……抱歉，还是拉上吧，我心里踏实些。"

"既然如此……"直美问道，"话说回来，你没事吧？"

"我没事。"

虽然他嘴上这么说，但直美一眼就能看出，吉泽根本不是"没事"。他眼眶发黑，脸色铁青。

"你是不是没睡觉？"

直美问道。

"嗯……有点儿睡眠不足。不过……这也没办法，无论如何都得挺过去。"

吉泽虚弱地微笑着。

"后来没发生什么吧？"

晴美问道。

"发生什么？没发生什么大事，只有一个自称惠里的女人大半夜打来几次电话而已。"

"这么说来……"

"不，不是她的声音。惠里的声音，我还是听得出来的。"吉泽的眼睛看向远处，"惠里……如果对方真的是惠里，只要她叹口气，我就能听出来。"

"吉泽……"

"抱歉，直美。我真心喜欢你，可惠里似乎想带我走。"

吉泽淡然地说道。

"带走？"

"带去那个世界。现在我觉得，这样倒也挺好。"

"我说！你振作点儿！"直美大声叫嚷，"你是不是脑子出问题了？"

"我吗？我没事。惠里想要就可以，不是吗？以前的我是个混蛋，她却真的很爱我。我怎么这么傻，把她抛弃了……"

吉泽抽咽了。

直美和晴美不由得对视一眼。

这时，对讲机的铃声响了，吉泽一下子跳起来。

"来了！她来找我了！"

他高声叫着。

"你冷静点儿，似乎是玄关那里哦。"

晴美起身打开门，只见门口站着一位体形壮实的女子。

"吉泽在吗？"

"请问您是哪位？"

"我是青木惠里的母亲。"

"您是青木……久仁子女士吧？"

"对。"女雕刻家走进屋，"吉泽，好久不见。"

"你好……"

吉泽低下了头。

"我还以为我们再也不会见面了。"

青木久仁子淡定地说道。

"不过我实在想确认一些事……你真的看到惠里了？"

"是的。"吉泽点头回答道，"错不了。只是我不确定她是否活着……"

"我是现实主义者。要雕刻大理石，没点儿力气是干不了的。手上的感觉就是我的现实。如果你真的看到了惠里，那么她一定活着。"青木久仁子连珠炮似的说道，"我只想确认这一点。好了，那么我告辞了。"

临出门时，青木久仁子看了晴美一眼，问道："你就是吉泽的未婚妻？"

"不，我是片山刑警的妹妹，是过来拜访的。他的未婚妻是那位，志村直美。"

说着，晴美往直美那边看了一眼。

青木久仁子盯着直美，看了又看。

"如果他已经成长到值得你爱的地步就好了。"

说完，青木久仁子步履匆匆地离开。

4

福尔摩斯在一座公寓前停下脚步。

"怎么了？"

晴美问道。

"喂，是这座公寓吗？"片山抬头看了看，"挺气派。"

"不是这里。福尔摩斯，你是不是认错地方了？"

"喵——"福尔摩斯叫了一声，像是在说"别瞎说"，又迈出了脚步。

"等等！你怎么这么心急？"

晴美气喘吁吁地紧跟在福尔摩斯身后。

片山和石津也追了上去。

"它大概想说些什么。"

片山问道。

"不会是想搬去那里住吧？"

石津猜道。

"凭刑警的微薄工资怎么住得起？"

片山的意见，连福尔摩斯都不得不服。

"就是这里。"

晴美停下脚步。

时间接近半夜十二点。

"不会真的闹鬼吧？"

石津嘀咕道。

"谁知道呢？总之先去看看。"

片山走进公寓。

晴美在大厅里按响吉泽房间的呼叫铃。

"来了！"

是志村直美的声音。

"直美，我是片山晴美。"

"太好了！吉泽出去了。"

"出去？去哪儿了？"

"那个……我马上就来。"

直美似乎很慌张。

很快，直美乘电梯到了大厅。

"直美……"

"我一直在等你们！吉泽刚才接了个电话。"

"谁打来的？"

"说是惠里打来的。吉泽说不会有错，肯定是惠里。"

"然后呢？"

"说是在游乐场的幽灵船那里等他。他说必须马上出发。我跟他说等你们来了再去，他不听。"

"好，我们也去。"片山说道，"幽灵船？会不会真的撞到鬼了？"

"喵——"

福尔摩斯催促着叫了一声。

片山等人之所以半夜三更出门，是因为听吉泽说，今晚十二点，青木惠里会来接他。

听说了这件事，直美不由得担心起来，从吉泽的公寓打电话给片山。

"既然要去游乐场，不如一开始就约在那儿。"

片山在车里抱怨道。

"毕竟是幽灵嘛，说不定不觉得走路累。"

石津一脸认真地回答道。这个玩笑，却没有人笑。

"这么晚了，游乐场还开门？"

晴美问道。

"似乎还开着。据说周末是通宵营业。"

"怎么可能会有人通宵玩过山车？"片山摇摇头，"简直令人难以置信。"

没过多久，游乐场就出现在眼前。耀目的照明灯把夜空的一角照得白花花的。

片山等人步履匆匆地走进游乐场，径直走向幽灵船。

"啊……你是上次那位刑警吧？"

身穿制服的男子走了过来，正是幽灵船乘船口的那名工作人员。

"哟，真是你？刚才，上次来过的那个男人坐船走了。"

工作人员说道。

"他还在里面？有没有人和他同船？"

"有个女人和他同船，两人上了同一艘船。"

"是上次那个女人吗？"

"不，不是那个。"工作人员立刻摇了摇头，"今晚是个上了年纪的女人，身形魁梧、结实。"

"是青木久仁子。"

晴美判断道。

"我们也赶快上船吧，估计要出事。"

片山还没说完，尖锐的警铃声就响起来了。

"船停了！"工作人员向操作盘冲过去，"果然和上次一样，有人在'刑场沼泽'按下了紧急按钮。"

"这里有直达通道吧？你快带路。"

片山要求道。

"这边……很暗，小心点儿。"

"你留在这里。"

晴美对直美叮嘱道。

"可是……"

"好了，你就放心交给我们吧。"

晴美回头安慰道。

"好。"

直美点了点头。

片山等人跟在工作人员身后钻进了隧道。

直美不安地等待着。

178

船运停止了。这里排队的游客本就不多，先前等候着的几位客人转去玩其他游乐项目。

乘船口的游客走光了，只剩下直美独自站着。

突然，直美听到身后似乎响起了脚步声，回头一看……感觉一个布袋罩到了她头上，她的脖子也被勒住，发不出声音。

直美拼命挣扎。她丢开手提包，手伸向身后，却始终无法碰触到身后的那个人。

她想使劲儿掰开勒住自己脖颈的手臂，但渐渐感觉力不从心，意识也变得模糊起来……

就在这时……

"哇！"

有人叫了一声，那条勒住她脖颈的胳臂松开了。

直美双膝跪地。

她听到向自己冲过来的脚步声，还有猫叫声……

是做梦还是幻觉？

直美已经分不清了。之后，意识渐渐游离，她倒在地上。

"现在感觉如何？"

朦胧的意识中响起了温柔的话语。

是谁？居然这么关心我……

渐渐地，直美的视野变得清晰起来。她发现自己躺在医院的病床上，晴美正站在床边关切地望着自己。

"晴美……"

刚开口，直美便咳嗽起来。

"别勉强，你先前被人掐住了脖子。"晴美制止道，"别担心，罪犯已经落网了。"

"罪犯……"

"是吉泽。"

直美感觉晴美的这句话似乎在自己的脑袋里绕了一圈。

"吉泽……想杀我？为什么？"

"为了保险。你不是买了人寿保险吗？"

"人寿保险……嗯，是他的朋友叫我买的。对了，他是受益人。不过说起来，这件事就像是闹着玩儿……"

"他现在需要那笔赔偿金，想让人误以为你是自杀，花了心思要杀你。为此，他引发了那场骚动。"

"那场骚动？对方不是冲着他去的吗？"

直美问道。

这时，房门开了。

"哟，你没事吧？"

片山走进病房。

"喵——"

叫声是从床下传来的,不见身影,但福尔摩斯一定是一起来了。

"怎么样?"

"嗯,吉泽自首了。"片山点点头,"不管怎么说,交女朋友必然要花钱,而且他住的那套公寓很贵。就在他经济拮据、为钱犯愁之际,先前交往过的女人出现了,就在那座游乐场。"

"可那个人不是青木惠里吧?"

"当然不是。毫无疑问,青木惠里已经死了,挺可怜的。只不过吉泽头天晚上做了个遇到青木惠里的梦,随后在和梦境很相似的境况下遇到了那个女人,那是个狠心肠的女人。当时吉泽想,如果和她联手,说不定能把你杀掉。"

"所以他们制造了那起幽灵骚乱?"

"对。吉泽表演了一场上吊戏,故意提起以前的事。然后他装出一副神经衰弱的模样,把自己关在家里。"

"喵——"

"对。当时他把自己的房间弄得那么昏暗,就是为了不被别人发现他的疲累状态是化妆出来的效果。但福尔摩斯凭借嗅觉,闻出他化了妆。"

"然后他打算把你勒死，再在游乐场找棵树把你挂上去，设计得好像你是自杀的。这样一来，世人就会觉得你是被鬼魂缠上了。"

"为了制造不在场证明，他居然邀请惠里的母亲一起乘船。这一行径极为大胆。他收买了游乐场的工作人员，要他在那里停船。随后他又说要去叫人来，就顺着直达通道溜到了外边。"

"然后他从背后袭击你。不过幸好我们赶上了。"晴美微笑着，"可是……不必说，现在最痛苦的人就是你了。"

直美心中隐隐作痛。

"我没事，更令我心酸的是青木惠里的母亲。她的心里一直怀着期望，觉得自己的女儿还活着。光是这一点，我就无法原谅吉泽。"

直美说道。

"你心地真好。我觉得吉泽根本配不上你。"

晴美拉起直美的手。

"喵——"

福尔摩斯轻轻地跳到病床上，用粗糙的舌头舔了舔直美的面颊。也许那泪水带着一丝咸涩。

"谢谢你……"

直美回应道。

"估计福尔摩斯早就知道了吧？一切都是吉泽在搞鬼。"

"假装成被吊住脖子？"

"对。你回想一下，当时石津为了救吉泽而爬上那棵树，那棵树却立刻折断了。也就是说，那棵布景用的树只能支撑一个人的体重。如果是别人把他吊上去的，树枝早就折断了。"

"啊，是吗？那个女共犯呢？"

"也落网了。为了能续租那套公寓，吉泽估计还干了些其他的勾当。接下来，我们要好好地让他说实话。"

"看你们的了。"说着，直美伸出手指轻轻碰了碰福尔摩斯的鼻尖，"你也上去抓他两把！"

"喵——"

福尔摩斯答应了一声。

青木久仁子面对着眼前的大理石，注视良久。

把那孩子刻进去吧！她终于下定决心。

这起案子让久仁子彻底断了念想。先前她一直无法舍弃心中最后一丝期盼，所以一直没动手把女儿刻进大理石。

但是……都过去了。再不下定决心，惠里就太可怜了。

久仁子长长地舒了口气，站到大理石前方。

听到门铃声，久仁子皱起眉头，向玄关走去。

"哪位？"

房门打开了。

"妈妈。"

惠里说道。

"啊？"

久仁子一愣。

"是我，惠里啊！"女孩说道，"我被经过的船救起来了，却失去了记忆。直到看了这起案子的新闻，我把一切都回忆起来了……妈妈！是我……我是惠里啊。"

久仁子依旧愣在原地，连连眨眼。

"我……变了很多吗？"

惠里问道。

久仁子终于开口：

"幸好我还没有动手。你胖了好大一圈呢！"

绯　闻

1

"这边请，"餐厅老板得意扬扬地介绍道，"这就是观景体验最佳的房间！"

如果老板此刻期待的是客人的赞叹，那么接下来他必然会感到一丝失落。

在场的客人没有任何反应。

"那个……是不是不合心意？"

他伸长了双下巴，窥视客人的表情。

"不……很不错。"年轻女子说道，"景色确实很美。"

虽然嘴上这么说，却叫人感觉不到半点儿真挚。

"是吧？哥。"

说着，女子转头看了看身形纤瘦的男子。

"啊？是……是啊，确实挺不错。你觉得呢？"

一时之间，老板没明白男子到底是在对谁说话。站在自己面前的只有这对兄妹。然而，兄妹俩的脚边……

"喵——"

听到猫叫声，老板才发现有一只三色猫和两人结伴而来。

"那个……实在抱歉。"老板陪着笑，"这只猫是和两位一起……"

"对，"妹妹回答道，"它不会打扰其他人。不好意思，请同意让它和我们同住。它就像是我们的父母。"

"啊……是这样啊。"

老板早已习惯了形形色色的客人。既然做的是开门迎客的生意，时间一久，种种怪事也就习以为常了。

只不过，据说是来相亲的，结果替代父母来的居然是一只猫。这种事倒还是头一次遇到。

"那么，请在这里稍等一下。"老板鞠了个躬，"几位要喝点什么吗？"

"我要杯咖啡。"妹妹说道，"给我哥来杯红茶。给猫来碗牛奶吧，要凉的。"

"好。"

无论遇到什么事，脸上都不可以显露出不快。老板一脸严肃地答应了一声，走出房间。

"简直叫人头晕。"片山义太郎在身旁的椅子上落座，"这真是一场阴谋！"

"你在说什么啊？莫名其妙。是吧，福尔摩斯？"

"喵——"

"明知道我有恐高症，却约在位于五十层的餐厅见面，这里面一定有阴谋！"

"没关系。"晴美安慰道，"这样一来，最后就会像你所期盼的那样，相亲对象会拒绝的。"

"那你从一开始就别揽这事儿呀！"

"喵——"

饶有兴致地观看两人吵嘴的，当然是三色猫福尔摩斯了。

今天是片山相亲——误以为是晴美去相亲的石津刑警借酒消愁，已烂醉如泥地躺在兄妹俩的公寓里——的日子，牵线人自然就是他们的舅妈儿岛光枝了。

为了这对父母双亡的兄妹，"在他俩找到结婚对象之前，我死都不会瞑目。"看起来，她眼下似乎不大可能会死。儿岛光枝在撮合相亲这件事上总是如此积极、主动。

"那么，哥，你就坐在靠窗的座位吧。只要你背对着窗户，应该没什么大问题。"

"不……不稍微靠里一些，我没法安心落座。"

"要不你坐在窗户对面？"

"看到窗外的景色，我不晕死才怪。"

"那你想怎么样？"

"我闭眼，行了吧？这样的话，坐哪儿都无所谓。"

"瞎说什么呢！"

"等对方到了，你再叫我吧。"

"你又不是坐在火车上。"

除了恐高症，片山义太郎还患有女性恐惧症、见血就晕等各种症状。但说实话，他其实是个心地过于善良的男人。

话虽如此，不能连见都不见对方一面。听说对方那边和舅妈是多年的老朋友。

"五分钟结束相亲。"

"别妄想了，还要一起吃午饭呢。至少需要一个钟头。"

"那就把房间换到一楼吧……"

片山还没说完，走廊上就传来爽朗的笑声。

"来了？"

片山挣扎着想站起身。

"啊，义太郎！"刚进门，光枝就高声叫嚷着，"你们还挺快！大概想尽早和对方见面吧？"

"因为路上不是很堵……"

片山喃喃道。对他的辩解，儿岛光枝置若罔闻。

"好了，进屋吧。"

没等儿岛光枝招手，三位客人匆匆走进了房间。

对方的父亲一看就是性格古板、作风严肃的教师模样，这并非因听闻他是初级中学校长而先入为主的印象。

对方母亲的穿戴稍微有些派头，看模样，和儿岛光枝颇有共同语言。

至于女儿，片山的相亲对象，外表是个美女。一眼看去和母亲有几分相像，从气质上来说，比较稳重、娴静。只不过母女俩给人的感觉完全不同：相较于母亲的明朗，女儿给人的感觉有些阴郁。

总之，似乎有些羞怯。

"这几位是我的朋友早濑一家。"光枝介绍道，"这位是丈夫，这位是太太文江……这位是他们的女儿芳江。"

"初次见面。"

女儿低着头，声音细得像蚊子叫。

"这位是我的外甥片山义太郎。嗯，在这样的场合，我就不必再叫他外甥了。他是个刑警。这位是他妹妹晴美。还有……"看到福尔摩斯纵身跃到桌上，光枝愣了一下，继续介绍道，"这是他们养的猫，福尔摩斯。"

福尔摩斯立刻像是在说"请多关照"似的，"喵——"地叫了一声。看到这一幕，早濑芳江的脸上终于露出笑容。

"好了，各位请入座。景观真不错，义太郎，快来看！"

光枝早就把片山有恐高症忘了。

"再美的景观也不如芳江小姐美。"

晴美连忙解围，把大家都逗笑了。

就这样，片山心不甘情不愿的例行相亲开始了。

"不管怎么说，真是个温柔端庄、气质不凡的好姑娘。毕竟父亲是当校长的，教育方面可以说顺顺当当，是吧？"

听了光枝的夸奖，早濑龙一略感惭愧。

"不，不，并非凡事都顺心。"他摇了摇头，"不过幸好，这孩子的成长，基本上没让我们做父母的操心。"

"是啊，这孩子平时总待在家里，反而是我们做父母的整天想着'孩子要出门啊'。她即使偶尔出门，也只是去图书馆或美术展之类的。"

文江点头说道。

"已经上班了吧？"

晴美问道。

"是，今年是入职第二年。"

芳江回答道。

边吃边聊，紧张氛围有所缓和。

"您的工作挺危险吧？"

这时，芳江第一次主动和片山搭讪了。

"嗯，还好……毕竟这份工作连我这样的人也能从事。"

片山的态度似乎挺认真。

"打扰了。"这时老板进入包间，"有电话打来说要找早濑芳江小姐。"

"抱歉，"芳江一脸困惑，"找我的电话怎么会打到这儿来？"她站起身，"失陪一下……"

芳江离开后，众人的话题转到了最近的初中教育上。早濑龙一似乎早就对这类话题习以为常。

不愧是学校里的老师……片山一边聆听一边感叹着。

"哥，"晴美轻轻把头凑过来，"芳江小姐是不是回来得有点儿晚啊？"

说起来，在这种相亲场合，很少有当事人离席太久。

"说得也是。"

"她是不是不舒服？我去看看吧？"

晴美正准备起身。

"喵——"

福尔摩斯叫了一声。

"哥……"晴美睁大眼睛，"你身后……"

"嗯?"片山连忙回头看,"怎么了?什么时候回来的?"

他之所以这么说,是因为早濑芳江此刻就站在片山身后。可是……似乎又有些古怪。

片山终于意识到了是哪里不对劲。芳江此刻所处的位置,实际上是片山身后的窗外。

怎么会出现在那种地方?那里……

看到芳江此刻正站在贴近玻璃窗、仅十厘米宽的窗沿上,片山突然反应过来——此刻自己正身处五十层高楼。他的脸色骤然变得一片惨白。

"不得了!"晴美叫道,"芳江小姐……她想跳楼?"

"喂,你干什么啊?"

片山的脸色一片铁青,膝盖发抖。

"你振作点儿!快救救芳江小姐!"

早濑龙一和妻子文江都惊呆了。

"那孩子……她在干什么?这么做对片山先生很失礼。"

发言如此不合时宜。

"是啊,等她回来,可得跟她好好聊聊。"

"你们清醒点儿好不好!"晴美大声说道,"必须立刻阻止芳江小姐,这才是当务之急!"

儿岛光枝毕竟是旁观者清,她明白了眼下的状况。尽管如此，她此刻也只能坐在一旁瑟瑟发抖。

晴美再也坐不下去了，起身飞奔出房间，一不留神和迎面来的人撞了个满怀。

"呀！"晴美往后一倒，摔了个四脚朝天，"石津！"

石津刑警一脸难为情，站在晴美面前。

"啊，昨晚真不好意思。"石津挠挠头，"我误会了。"

"你来得正好！"晴美站起来，"快去救她！"

"啊？"石津没搞清楚状况，愣住了，"她在那里干什么？"他终于留意到玻璃窗外的早濑芳江，"擦玻璃？"

"好了，你快跟我来。"

晴美飞奔而去，石津赶紧跟上。

"义太郎，"儿岛光枝终于回过神来，"芳江她……"

"我怎么知道！该不会……走错路了吧？"

片山也终于站起身，晃晃悠悠地冲出房间。

"这里应该有通往窗外的通道。"

晴美焦急地向老板询问道。

"可是……这很危险。"老板的托辞完全合乎情理，"您最好还是……"

"我没说我要去窗外！"晴美一下子恼火起来。这时片山也赶到了。

"哥！"

"我是警察。到底怎样才能到窗外去？"

"不清楚……你们出去做什么？"

"我不出去……"

片山刚说到一半。

"老板！"店里的厨师跑过来报告，"刚才有个女人从厨房的窗户爬到外边去了。"

"你快带路！"

晴美催促道。

2

"芳江小姐，"晴美搭讪道，"能听见我说话吗？"

风很大。毕竟是在五十层，可以想象那种境况。

晴美重重地叹了口气，身子稍微往外探了探。

"晴美！不要！"

石津从身后一把抱住她。

"不是有绳子拴着吗？没事。"

"可是……"

"还是我去吧。或许只有身为女人的我才能理解她。"

"喵——"

"福尔摩斯，你别到这里来。风太大，小心被刮下去。"

晴美努力把脖子往外伸，看着芳江。

直到这时，芳江还没有掉下去，可以算是奇迹吧。她的身体紧贴着玻璃窗，面色铁青，裙子和头发在风中不断飘动。

"芳江小姐，能听到吗？你闭着眼睛就好。听到了，就点点头。"

每一秒都感觉如此漫长。过了一阵子，芳江点了点头。

"太好了！我说，我把绳子给你递过去，你拿到之后把它系到腰上。听到了吗？"

芳江缓缓把脸转过来朝向晴美，睁开眼睛。

"芳江小姐，不管发生了什么事，死都不是解决问题的办法。人是有权利重新来过的。有些人想活下去却不能，有些人不想死却得死。你还年轻，今后的路还很漫长，为什么要这样呢？好了，我把绳子缠到棍子上，把棍子给你递过去。"

芳江缓缓地摇摇头。"让我死吧……"她说，"这样一来……对大家都好。"

"一点儿也不好。"晴美回应道，"我哥他……你知道我哥是怎么说的吗？他说：'芳江小姐是因为不想跟我结婚，才想去死。反正我这个人，走到哪儿都惹人厌。'"

片山站在晴美身后，听到这些话，吓了一跳。

"我可什么都……"辩解到一半，他就放弃了，说道，"好吧，算了。"

随你怎么编吧，只要能把人救回来就行。的确，眼下这状况，最优先的事项还是尽早把早濑芳江劝回来。

风从厨房窗外吹进来。工作人员都一脸焦急。

"我哥这个人，总是没有女人缘，才会这么自暴自弃。你就当作可怜可怜他，好不好？"

晴美的措辞变本加厉，越说越过分。

"怎么会……他这个人挺好的。"芳江说道，"请你转告他，说他是个能体谅他人的好人。"

"你还是亲自去跟他说吧。我这个做妹妹的跟他说，他不会相信的。"

"不用了……算了，我还是只有死路一条。"

芳江说道。

晴美把头缩回窗内。

"出了满头汗！"

晴美喘了口气，拿起其他人递来的毛巾擦了擦。

"怎么样？"

片山问道。

"她似乎还不打算回来。不过以现在的状况，要是刮起大风就危险了。她这样是坚持不了多久的。"

"难道一点儿办法都没有了？"

片山歪着脑袋思忖起来。

"那个……"芳江的母亲早濑文江战战兢兢地问道，"我女儿……她现在怎么样了？"

"随时可能会跳下去。"晴美把话说得很直接，"必须想想办法。你们能想到她究竟为什么这么做吗？"

"不清楚……"

文江一筹莫展。

"那么您呢？"

"这……我先前说过她净给人添麻烦，简直胡闹，然后她就站在大厅里不肯走了。"

晴美叹了口气。

"一定出了什么事，她居然下了这么大的决心……或者是和男性之间出了问题。你们什么都没发现？"

"完全没有……"

文江彻底没有头绪了。

"喵——"

福尔摩斯叫了一声。

"怎么了？"片山回头一看，"电话怎么了？"

福尔摩斯正把一只前爪搭在厨房角落里的电话上。

"电话……对了！当时芳江接了个电话，随后似乎受了什么刺激。先前那个电话是谁打来的？"

"你问问！"

片山把老板叫过来。

"哦，当时那通电话只说'有劳给找一下今天在你们那里相亲的早濑芳江小姐'，没说自己叫什么名字。"

"你什么都没问？"

"我倒是问了'请问您是哪位'，但对方当时只回了一句'我是她朋友'。"

"是男的？"

"不，是个女人。"

"女人啊……"晴美突然想到了什么，"电话是什么时候打来的？"

"嗯，好像……当时原本预约一点钟来的客人提前到了，对……应该是在一点差十分左右。"

"十二点五十分左右……哥！"

"怎么？"

"你立刻赶去芳江上班的地方，或许电话是从那边打来的。你去查一下到底是谁。"

"十二点五十分……应该是午休时间，"片山点点头，"也是白领女性打电话的高峰时段，不过……"

"不过什么？"晴美盯着哥哥一阵子，"刚才芳江说，她死了对大家都好。如果她是被男人甩了而想不开，那么她应该会说'为了他'；如果是她自己做错了什么，她应该会说'都怪我'……你懂吧？"

片山缓缓点了点头。

"似乎懂了。好，那我走一趟。福尔摩斯，一起去吗？"

"喵——"

女人心，海底针。只有女人才懂女人在想什么。福尔摩斯的叫声像是在这么说。它轻轻跳下桌子，跑到片山脚边。

"石津，你帮着点儿晴美。"

"是！"

石津回答道。

片山来到大厅。

"舅妈。"

儿岛光枝正呆呆地站在那里。

"义太郎！怎么样？我实在不敢看。"

"正在想办法。我先走一步。"

片山匆匆向前走去。这时，他瞥到早濑龙一木然地坐在大厅的沙发上。

片山走过去打招呼。

"早濑先生。"片山冲他喊道，"您也去劝劝女儿吧？"

早濑龙一没看片山。

"随她去。"

只说了这一句，早濑龙一再次闭口不语了。

他肯定知道些什么。

片山心想，但眼下不是跟芳江的父亲纠缠的时候。

他从兜里掏出早濑芳江的"情况介绍"，摊开来看。

"上班的地方……嗯，在这里。"

"早濑芳江？"前台的女孩回应道，"请稍等……啊，她今天休息。"

"是吗？"片山点点头，"果然……"

说最后一句话的时候，片山故意压低嗓门。

果然，前台的女孩似乎被勾起了兴趣。

"那个……您找早濑有什么事？如果您有什么话需要我转告……"

她抬头看着片山问道。

"没什么，其实……"片山低声问了一句，"你和早濑芳江熟络吗？"

"这个……还行，认识的。"

都是同一家公司的员工，认识是理所当然的。假如她说"不认识"，估计会错过一个有意思的故事，那就可惜了。

"其实呢，我在调查有关早濑的事。"

"哦？什么事？"

"刚才我听说，她今天似乎去相亲了。说起来……这件事你可不要跟别人说，否则我就麻烦大了。"

"放心！我决不跟别人说。"

前台女孩眼中的光越发明亮了。

"其实呢……我以前听说了传闻。"

"传闻？"

"对，传闻说早濑芳江其实另有恋人。简单来说，对方是有妇之夫。"

"是……是吗？"

前台女孩一直在舔嘴唇。

"怎么？你没听说过类似的传闻？"

"这个嘛……"前台女孩一脸失落，"我……不大清楚。"

"是吗？你知不知道谁比较了解这种事？"

片山问道。

"我说你啊！"

片山身后有人大叫道。

"啊？"

片山刚回头就感觉有人兜头撒了自己一身白色粉末。

是盐。

"你怎么乱打听？赶紧滚！"

是个约三十岁的女子，正狠狠地瞪着片山斥责道。

"那个……"

"无论是谁，都有不希望被他人知道的事！怎么会有你这种人？净揭别人的短！不拿盐给你净化一下灵魂，我的气就消不下去。"

"那个……其实不是你想象的那样。"

片山一边掸着身上的盐，一边说道。

"喵——"

福尔摩斯也叫了一声。

"你别事不关己，净看热闹。"

片山回头瞪了福尔摩斯一眼。

刚才撒了片山一身盐的女子纳闷地看着眼前带了只三色猫同行的片山。

"你说什么？"玉木良子说道，"早濑？真的？"

"请相信我。"

片山还在清理着头发里的盐。

"这……对不起。"

玉木良子——刚才撒了片山一身盐的女子——致歉道。

片山把玉木良子带到电梯厅深处，把之前发生的事情跟她说了。

"要救芳江就必须搞清楚到底是什么事让她想不开。刚才我是故意那么问的。"

"也就是说……你怀疑她和有妇之夫……"

"她那句'我死了，对大家都好'听起来有这种可能。"

"确实。"

玉木良子点了点头。

"你似乎很在意早濑芳江。因为这个，你刚才还撒了我一身盐，其中似乎有什么问题？"

"实在抱歉。"

玉木良子对片山的态度完全转变了。

"不说这些了。如果你知道什么，还请告诉我。"

玉木良子略作思索。

"没时间磨磨蹭蹭了。"片山盯着对方，"分秒必争。"

"好吧。"良子点点头，"你跟我来，估计他应该在办公区的座位上。"

片山赶忙迈开大步紧跟在玉木良子身后。

良子径直从办公区中央横穿过去，走到背对着大窗户、看起来似乎是管理层男子的面前。

"内田科长。"

良子叫了一声。她面前那个已有谢顶迹象、四十五六岁模样、一脸睡眠不足的男人立刻抬起头。

"怎么，是玉木啊，什么事？"

男人问道。

"内田科长，请老实回答我的问题。"

"干什么？一脸凶巴巴的。"名叫内田的男人笑了笑，"你要我回答你什么？"

"你和早濑芳江到底是什么关系？"

内田哑然。

玉木良子声音洪亮，周围的员工都停下了手上的工作，齐刷刷地把目光投向两人。

"喂！你胡说什么？"内田的脸涨得通红，"你说话怎么这么难听……"

"你喜欢招惹那些新进入公司的女孩，这是众所周知的。我也曾受到你的伤害。"

玉木良子步步紧逼。

"你……你何必在这里说这些……"内田一下子慌了神，"好了，下次有机会我们再聊……"

"没时间跟你啰嗦，芳江要自杀了，科长，请说实话。"

"简直胡闹！我怎么可能会做那种事……"

内田站起身。

这时，"啪"的一声，玉木良子突然给了内田一记响亮的耳光。内田被揍得迷糊了。

"你说清楚！到底是怎么回事？最近公司里都传开了。"

"你……"

"喵——"

福尔摩斯跳上办公桌，前爪在内田手上狠狠挠了一把。

"好痛！喂，这只猫从哪儿冒出来的？"

内田后退了一步。

"你说实话！再不老实，它就冲你的眼睛来了。"

"别！别！好……好，我知道了。的确……我对早濑也……那个……"

内田含糊其辞。

"你是不是对她下手了？"

"嗯……那孩子还是第一次，没想到她当真了。最近一段时间，我挺头疼这件事。"

内田战战兢兢地说道。

"怎么会有你这种人……你这样的也配做前辈？你不觉得说出来都丢人吗？"

"我……只有那些不谙世事的女孩才会搭理我啊。"

内田神情颓丧。

看到对方这副模样，片山连生气都感到不值得。

"总而言之，你立刻去向芳江道歉。"

良子说道。

"不仅如此。"片山说道，"之前有人给芳江打了个电话。她是接了那通电话才决心寻死的。"

"我……什么也没做。"内田说道，"啊，不，我的意思是……我没给她打电话。"

"你给我一边待着去！"良子厉声呵斥。内田再次颓丧下来，瘫在座位上。

哎呀呀……总算是查明了原因。

可是光凭这一点，还是救不了芳江。

怎么办？片山感到头疼，他不知该怎么去跟晴美交代。

3

"原因在于，有人给芳江打了电话。"玉木良子说道，"然后芳江一心想寻死。这到底是怎么回事？"

"你倒是想想办法啊！"

片山冲福尔摩斯来了一句。

给晴美打完电话，片山得知芳江眼下仍待在那个危险之地，众人正在设法劝阻她。

"要不，把内山科长带过去？"

良子提议道。

前台后方陈设了简单的家具，用来接待出入该公司的业界人士。片山和良子此刻正在这里交谈。

"或许他心里爱着芳江……嗯，只是……也许过不了多久就会厌烦了。总而言之，算是权宜之计，可以叫内田科长去撒个谎，说他准备离婚，打算和芳江在一起……"

"我感觉应该不会这么简单。"片山摇了摇头，"芳江现在觉得一切问题都因自己而起，才会做出那种事。不管内田去跟她说什么，估计都不会有太大的作用。"

"说的也是……还有什么好办法吗？"

"如果能查明到底是谁打来电话，应该能想出办法。"

片山回答道。

"十二点五十分左右的电话……是这里的员工打出的吧?"
良子沉吟道。

"你说整个公司里都在传内田和芳江的事,是吧?"

"光是最近一段时间,我就听人说过好几次。"

"到底是谁传出来的……"

"这就不清楚了,毕竟是传闻嘛。"
良子说道。

"那个……"
屏风后面有人探出头来说了一句,是刚才的前台女孩。

"井口,怎么了?"良子问道,"这位是井口雅代。"

"刚才真是失礼了。"井口雅代略微抱歉地说道,"其实……我听了你俩刚才的对话,突然想到了一些事。"

"什么事?"

"今天午休的时候,轮到我值班,我一直坐在前台……"
井口雅代说道,"后来有客人来了。"

"客人?"

"是内田科长夫人。"
片山和玉木良子不由得对视一眼。

"这……她应该是来找内田科长的吧?"

"不是，她说是来找早濑芳江的。"

"找芳江？"片山站起身来，"这么说……估计她是听到了什么传闻。你当时怎么回应她的？"

"我说芳江请假，没来上班……当时科长出去吃午饭了，科长夫人说她之后再来。"

"然后呢？"

"没有然后……当然，我不清楚这件事和芳江有没有关联。啊，不好意思。"

听到电话铃响起，井口雅代赶忙回到自己的座位上。

"如果是内田科长夫人打来电话，那么大体就能猜出是怎么回事了。"

良子说道。

"不过她是怎么知道芳江在哪里相亲的？"片山说道，"看样子得找她问问才行。"

"要不你给她家里打个电话？"

"你知道电话号码？"

"当然知道。"良子走到前台，"我说，给我员工名单……井口雅代！"

井口雅代在发愣。

"我正接电话呢。"

雅代回答道。

"啊？"

"是内田科长夫人打来的。"

"她说什么？"

片山也连忙跑过去。

"她说有话要和我说，叫我到顶楼去。"

"这栋大楼的顶楼？"

"对，想必她一定还在这栋楼里。"

"去看看。"

片山催促道。

片山、玉木良子和井口雅代，加上福尔摩斯，一起乘电梯来到了顶楼。

"要从那道楼梯爬上去。"

良子走在最前方。

顶楼的风很大。

"在哪儿？"

片山在顶楼环视一圈。

没有任何遮挡物，只要有人就会立刻被发现。

"奇怪了。"井口雅代感到颇为纳闷，"她刚才确实说她在顶楼……"

"喵——"

福尔摩斯叫了一声，之后便匆匆迈出了脚步。

"喂，怎么了？"片山连忙赶上去，"福尔摩斯……"

前方是一处高及胸口处的围栏，围栏外，宽约三十厘米的水泥台上似乎有什么东西。

"是手提包。"

片山从围栏间伸出手，把手提包拿过来。

"啊，这只手提包！"

井口雅代跑过来看了一眼，立刻睁大了眼睛。

"你有印象？"

"刚才……内田科长夫人挎的就是这只手提包，因为和我的很像，所以我有印象。"

"这么说来……"片山轻轻叹了口气，"到下边去看看吧。我有一种不祥的预感。"

玉木良子吃了一惊。

"莫非……夫人她？"

"不清楚。下去看看就明白是怎么回事了。"

片山匆匆走下楼梯，坐电梯来到一楼。电梯里，大家都没有开口。

走进大厅，他们发现大楼外已经围了一圈人。

"看样子，我的不祥预感似乎应验了。"

片山走出大楼。

大楼外是宽约两米的灌木丛。一个穿西服的女人倒在那里，像倒插在灌木丛中。

"听说有人报警了。"玉木良子走过来，倒吸了一口凉气，"怎么会这样……"

"总而言之，必须找那位科长问问情况。"

"内田科长……确实，"良子点点头，"我去找他。"

"可是……"

"没关系，再怎么说，以前我也曾是他的恋人。"

"那我一起去，毕竟得找他来确认一下尸体。"

片山把眼前的局面交给大楼保安处理，便和玉木良子一起走进了大楼……

"你说什么？我老婆死了？"内田震惊，"别开玩笑！"

随后他笑了。

"我是跟你说真的。"玉木良子双手抓住内田的肩头使劲儿摇晃，"没跟你开玩笑！是真的！"

整个办公室里鸦雀无声。

所有人都停下了手上的工作，瞧着内田。

"怎么可能……久子在家里待着呢，没错。"

片山这才知道内田的夫人叫久子。

"她来这里了。"

说着，片山瞥了一眼福尔摩斯。

福尔摩斯恰巧也正抬头看着片山——他俩似乎想到了同一件事。

"好了，你下楼去看看吧。或许你不愿意接受，但必须去看看。"

良子的语气稍微缓和。

"等一下，我先打个电话，行吧？她这会儿肯定在家。"

片山等人默不作声地看着内田拿起桌上的座机，拨通自家的电话。

不必说，肯定不会有人接听。内田连续拨打了三次。

"她大概出门了……应该是去买东西。嗯，一定是这样。"

内田边点头边说道。

"科长。"

"我知道……她死了，是吧？她为什么……"

内田的身体好像骤然缩小了一圈。

"从这里的顶楼……"良子说道，"是当场死亡的，想必没有经历太大的痛苦。"

"是吗？她最怕疼，最怕苦，如果是这样就太好了。"

内田想站起身，却打了个趔趄。

"科长，你振作点儿。"

"谢谢……"

内田好像一下子变成了无法控制自己身体的老人，由玉木良子搀扶着才迈出了脚步。

"是啊……嗯，你那边情况如何？"

片山从前台给晴美打了个电话。

"你倒是快点儿！芳江快晕过去了，撑不了多久。"

晴美高声叫嚷。

"我也没办法……总而言之，始作俑者正处于失魂落魄的状态，他老婆刚刚跳楼自杀了。"

"他这样怎么可能救芳江？"

"这也赖我吗？"

片山抱怨了一句。

如果称之为"意外"，确实有些不恰当。内山在大楼门口看到了妻子的尸体——已被裹上了白布。确认过妻子已死，内田猛然号啕大哭。

面对这种局面，玉木良子和片山无论说什么都无能为力。

内田本人也被救护车拉走了。

"现在怎么办？"玉木良子走过来，"如果芳江知道发生了这等惨事，会更自责、更……"

"是啊，"片山挂断电话，"没办法。总而言之，现在单靠嘴巴说是没用的，必须想办法把芳江弄回来。"

"我跟你一起过去吧。"玉木良子说道，"虽然我没信心能说服芳江。"

"我也去。"井口雅代站起身，"我的年纪和她相仿。"

"你愿意过去？"

"是的。"

雅代点点头。

"好！分秒必争，我们出发吧。"

片山匆匆向电梯走去。

4

"哥！"

刚走进大厅就见晴美冲自己奔来，片山心里不由得"咯噔"一下。

说不定芳江已经摔下去了。

"怎么了？"

"芳江还是老样子，石津正在想办法让她接住绳子。"

"是吗？这两位是芳江的同事。"

片山向晴美介绍了玉木良子和井口雅代。

"我们还没告诉芳江发生了什么事。"

"好，暂时先不跟她说……那么，两位试着跟她聊聊？"

"嗯。"

玉木良子点点头。

走进厨房，只见石津正往不知从哪儿弄来的鱼竿状棍子的一端拴绳子。

"这样估计就能送到她手里了。"

石津一边拴一边嘀咕。

"可是如果她本人不愿意接，就没办法了。"

"是啊。她不是鱼，总不能像钓鱼那样把她钓回来。"

"我先试着跟她聊聊。"

玉木良子提议道。

"那就拜托了……石津，你扶住她。"

"好。请到这里的窗边来。"

石津带着玉木良子来到了窗前。

"能把她救回来吗？"

井口雅代问道。

"谁知道呢……"

片山发现芳江的父亲早濑龙一此刻也来到了近旁。

"早濑先生,您也对女儿说点儿什么吧?"

"不……我没有资格。"

早濑龙一面露苦闷。

"为什么?"

"因为……我也曾出轨。"

片山听到眼前这位迈入老年的校长咬着牙说道。

"芳江知道吗?"

"知道。我老婆也知道……为了保住这份工作,我们夫妇俩在外人面前尽量装作很恩爱,但实际上……"早濑龙一摇了摇头,"有四五年了……"

哎呀呀,他这副德性确实没资格去说服芳江!片山想道。

"片山,"玉木良子回来了,"刚才芳江她……"

"她说什么了?"

"她说想和你聊聊。"

片山心里"咯噔"一下——这就需要把身体从那扇窗户探出去,与此同时,还要和人聊天?

光是想象这幅画面,片山就起了一身鸡皮疙瘩。

"哥，你必须上。"晴美说道，"没事的，石津肯定会牢牢地扶住你。"

"可是……"

"喵——"

福尔摩斯叫了一声。

"好吧。万一我晕了过去，之后再发生什么事，可别赖我啊。"

片山叹气道。

刚把头伸出去，一阵大风就刮过来。

片山在心里告诫着自己"别看下方就行"，好不容易把脑袋连同肩膀一起探出窗外。

"哥，怎么样？"晴美在他身后问道，"看到芳江了？"

"看不到啊。"

"看不到？奇怪了，应该能看到嘛。"

"我闭着眼睛呢。"

"我说你……"

"知道了！我这就睁眼。"

片山胆战心惊地张开了上下眼皮。

感觉好像硬生生拆散一对情侣那样困难。

她是怎么站到那种地方去的？

此刻，片山看到自己的相亲对象正站在一个狭窄得令人难以置信的空间里，一动不动。

没等片山张口，芳江就主动转头看了看片山。

"片山先生……"

对方的声音出乎意料地清晰。

"那……那个……你还好吧？"

片山马上意识到自己问了一句废话。

"不太好，"芳江答道，"不过片山先生脸色铁青啊。"

"是……是吗？我很恐高。"

"抱歉，你……"

"没什么。"

汗水滴落下来。片山很想伸手擦一把汗，但那样一来，就必须松开抓住窗框的手。

"不过啊……我觉得你挺厉害的。"

片山冒出来一句。

"啊？"芳江一脸不解，"我闹出这种事情，给大家添了这么多麻烦……"

"你竟然能在这样的地方站这么久，光是这一点就很厉害！我觉得你应该更自信一些。"

"你……真是个好人。"

芳江盯着片山一阵子,说道。

既然如此,那就赶紧回来啊!片山在心里默默念叨。

"我说,你想怎么样呢?要不还是回到这边吧?你目前不便行动,我把绳子给你递过去,你缠在身上就好了。"

"片山,"芳江说道,"像我这种人还是死了好。"

"不,根本不存在你说的那种人。况且你还很年轻,一切不是刚刚开始吗?"

"已经……晚了。"

"你是指你和内田科长的事?"

听了片山的话,芳江大吃一惊,睁大了眼睛。

"我去过你们公司。芳江,先前那通电话是谁打来的?"

"这么说……你都知道了?"

"内田科长承认了和你的关系。不过你这么做,估计不只是因为那件事吧?"

芳江叹了口气,闭上双眼。

"是内田夫人打来的电话。"

"他夫人打来的?她跟你说了什么?"

"她说她知道我和他丈夫的关系,还说'都怪你,家里一团乱'。又说她'想把孩子杀了,然后自己也死掉'……

想起自己做过的那些事，我不知该怎么办……"

"那么，"片山问道，"后来呢？你说了什么？"

"我没来得及回答，电话就挂断了。"

"所以你……"

"我不知道这么做能不能赎回自己的罪孽，我魂不守舍地走了走，发现厨房的窗是敞开的，我就……"

"你打算跳下去？"

"我确实很想死。"芳江说道，"只不过……走到了这一步，我突然想到，如果我从这里跳下去，万一下边刚好有人，那可怎么办？这样一来，估计对方会和我一起死掉吧。从这么高的地方跳下去会是什么后果？我实在无法想象，所以始终下不了决心。"

"原来如此。"片山点点头，"其实你这么犹豫倒也没关系。一切都能重新开始。说到责任，更多归于内田。"

"可是站在他夫人的立场，我是个不要脸的女人……这也是我活该。"

片山有些迟疑。转念一想，又觉得似乎不该再隐瞒。

"芳江，其实……"片山欲言又止，"总而言之……你先别冲动。"

"啊？"

"内田夫人过世了。"

芳江倒吸一口凉气。

"你振作点儿!"片山终于把身子探出窗外,"这件事不能怪你!"

"你这么说,我更……"

"你听我说。你再好好想想,不觉得奇怪吗?"

"什么?"

"内田科长曾对公司里的多位女性新员工下手,这在你们公司是出了名的,他夫人不可能不知道这种事,不是吗?"

"这个……内田先前说过,他老婆是知道的。"

"对啊,既然如此,她为什么偏偏为了你和内田的事寻短见?你不觉得有问题吗?"

"可是……"

"的确,内田夫人确实是从公司顶楼跳下去的,可是她怎么知道你今天要来这里相亲?还有,她既然知道,为什么又要去公司?她事前甚至没跟丈夫提过。"

"为什么?"

"你听我说,你有没有跟谁说过今天要来这里相亲?"

"你是指公司里的同事?没有……等一下,"芳江想了想,"对了,我跟前台的井口提过。"

222

"井口雅代？"

"对。"

"是嘛……"片山点了点头，"芳江，你以前见过内田夫人吗？"

"没有。"

"你听过她说话吗？"

"也没有。"

"你把我拉回去一点儿。"

片山冲石津说道。

石津一直紧紧地拽住片山的裤腰带，听到这句话，一把拽回了片山。

"哇！"片山一下子摔倒在地，"你别使这么大劲儿啊！"

"不好意思，我手上的劲儿过头了。"

石津挠了挠头。

"来，毛巾。"

晴美给片山擦了擦汗。

片山站起身。

"井口雅代呢？"

"她刚刚到大厅去了。"

玉木良子答道。

"快去找！"

"怎么了？"

"冒充内田夫人打电话到这里来的人是她！"

"你说什么？"

良子瞪圆了眼睛。

"还有，估计……"

片山等人赶到大厅，正好看到井口雅代踉踉跄跄地往外走。

"雅代！"

良子大叫一声，井口雅代似乎想往前冲几步，没想到脚下一个趔趄，摔倒在地。

雅代似乎已经用尽了全身的力气，再也站不起来了。

"先前往这里打电话的人是你吧？"

片山跑到她面前，蹲下身子问道。

"是的。"

雅代耷拉着脑袋回答。

"内田夫人跑去公司并不是找芳江，而是去找你吧？"

"是，"雅代喃喃道，"我……真的很喜欢内田科长。"

"啊，连你也……"

良子哑然。

"估计他只是消遣，我却……我真的想把内田科长从他夫人手里夺过来……"

"然后呢？"

"我给他家里打了电话却不吭声……这一个月里，我一直在打。"雅代说道，"估计内田夫人觉得这件事可能不简单，她调查了一番就查到我这里了，然后来找我……"

"是你把内田夫人带到顶楼把她杀了？"

"她和我扭打起来，后来被我推下去了！只不过当时她掉进绿化带的灌木丛里，一直没被发现。后来我想，不如设法布置成她是自杀……"

"然后你想起芳江今天要去相亲，你也听说了内田和她之间的传闻，就冒充内田夫人给芳江打电话。电话里，你跟芳江说要自杀，是吧？"

"是的……我没想到事情竟然会发展到这一步……"

"可是……"良子质疑道，"先前你不是接到电话说内田夫人在顶楼等我们？"

"根本不是那回事。"片山说道，"她只是接听了一个电话，就转过来跟我们说是内田夫人打来的。在那之前，她已经在楼下把内田夫人的尸体挪到了容易被发现的地方。"

"是的。"雅代点头承认，"可等我到了这边，看到了芳江这个样子……还有内田科长的那副样子，我才意识到自己到底都干了些什么。"

"这样一来，暂时解决了这条线索上的问题。剩下的问题是，怎么把芳江平安无事地弄回来？"

片山说道。

就在这时，厨房那边传来了叫声。片山和晴美迅速交换了眼神。

"快走！"

"发生什么事了？"

他们冲进厨房。

"刚才那位刑警……差点儿掉下去了。"

一名厨师指着窗户说道。

片山等人冲到窗边一看，目瞪口呆。

石津探出身子用右手抓住了芳江的手。芳江整个人悬在空中，全身的分量都交给了石津的右手。

"石津，加油！"片山高声叫道，"大家快来帮忙！"

厨师们都拥上来。

"别放手！马上把你拉上来！"

片山冲芳江叫道。

芳江完全乱了分寸，石津也涨红了脸。

226

"加油！还差一点儿！"

"石津！加油！"

"喵——"

此起彼伏的呐喊声盖过了五十层高楼窗外呼啸的风声。

"加油！还差一点儿！"

晴美高声给石津鼓劲。

石津的脸涨得红彤彤的，终于吞下最后一块甜点。

"太厉害了！"

掌声"哗哗"地响起。

石津最终把芳江拉了上来。为了向石津表示感谢，厨师们专门制作了一份"石津大套餐"。

尽管片山他们也享用了，但石津的盘子是他们的两倍大。不必说，石津大快朵颐地享用了。

"嗯，太好了。"

片山说道。

"哥，你也挺努力哦。"

"却没人夸我一句呢。"

"你在闹情绪？"

"我没闹情绪吧？"

就在这时，儿岛光枝走过来。

"义太郎！"

"啊，舅妈，她现在情况怎么样？"

"说是没事了，还叫我来向你问好。"

"是吗？"

片山的膝盖至今仍在不停地颤抖。今天的桌子离窗户挺远，而且片山是背对着窗户坐着。

"舅妈，来点儿甜点和咖啡吧？"

听了晴美的邀请，光枝自然不会拒绝。

"啊，是吗？"光枝立刻拉来一把椅子，坐到众人之间，"我说义太郎，你觉得那女孩怎么样？"

"你说芳江？她似乎一点儿都不恐高。"

这可不是什么看法。片山心里也明白。

"和上司有过那种传闻，她觉得配不上你呢。"

但凡是人，谁不曾遇到过很多事呢？这个世界上根本不存在"什么事都没遇到过"的人——就算真的有，估计也只会是一个无法理解他人内心苦痛的冷血之人。

"嗯，不管怎么说，她得重新站起来才行。"

片山说道。

"你又开始逃避了。"

晴美捅了捅片山。

"什么呀，我只是实话实说嘛。"

说着，片山冲着脚边的福尔摩斯挤了挤眼睛。